图书在版编目（CIP）数据

古代散文名句赏析 / 杨选德，陈学科编著. --西安：三秦出版社，2017.9（2018.3重印）

（中华经典国学口袋书 / 徐喜平主编）

ISBN 978-7-5518-1565-9

Ⅰ. ①古… Ⅱ. ①杨… ②陈… Ⅲ. ①古典散文－名句－文学欣赏－中国 Ⅳ. ①I207.62

中国版本图书馆CIP数据核字（2017）第195438号

出 品 人　支旭仲
项目策划　匡俊英　白忠平
责　　编　胡艳丽　高琳瑛
封面设计　陈　非
版式设计　高东海
内文排版　白英华

出版发行　陕西新华出版传媒集团　三秦出版社
地　　址　西安市北大街147号
电　　话　（029）87205121
网　　址　http: / / www.sqcbs.cn

规　　格　720mm×910mm　1/32
　　　　　印张7　彩插7　字数66千字
印　　刷　西安新华印务有限公司（独家承印）
版　　次　2017年9月第1版　2018年3月第2次印刷
标准书号　ISBN 978-7-5518-1565-9
定　　价　18.00元

古代散文名句赏析

杨选德　陈学科·编著

陕西新华出版传媒集团
三秦出版社

古代散文名句赏析

苏选德 梁学祥·编著

三秦出版社
陕西新华出版传媒集团

出版说明

中华文明源远流长，上下五千年，圣贤相继，英才辈出，他们殚精竭虑、呕心沥血，为后人留下了一部部经典作品。这些“经典”如同金砖玉瓦，构建成了一座金碧辉煌的殿堂，我们称之为“国学”。其内容宏富，博大精深，可谓是中华思想文明的浓缩，中国传统文化的精髓，是先贤遗留下的宝贵精神财富，值得好好传承和大力弘扬。越来越多的人们认识到其价值，读国学、诵经典的热潮正在蓬勃兴起，既有数字阅读的风生水起，更有坚守或者回归传统纸质阅读的蔚然成风。

读纸质书，无疑有着其他阅读方式所无法比拟的独特体验，一册在手，可以边读边做批注、写札记、勾画重点，也可以掩卷深思，细细品读。这种探究式阅读方式，有利于人们学习知识、启迪智慧、提升修养、提高境界，也有利于培养孩子们安静学习、锤炼思想、闻着书香做学问的良好习惯。

为了倡导全民阅读，特别是推进纸质阅读，营造爱书、品书氛围，同时考虑到当下人们的生活日趋丰富多彩且节奏加快，闲暇时间越来越碎片化，读书时间相对减少，我们从浩如烟海的国学经典中精心遴选了80部，并对书的内容作了适度精简，编辑出版了“中华经典国学口袋书”系列丛书，希望吸引更多的人回归传统阅读，重视国学经典。“口袋书”，顾名思义就是可以放在口袋里的书籍，其目的就是为读者奉献易于携带、便于翻阅、开卷有益的精神食粮。使他们于居家出行、茶余饭后，随时信手展读，含英咀华，增知怡情。

本丛书涵盖了经史子集、诗词曲赋、笔记信札、经典名句赏析，可谓贯通古今、包罗万象，能够最大限度满足各层面读者的阅读需求。书中既有对照古籍原文的“白话文”，又有介绍典故出处、时代背景、人物事迹等辅助阅读的“注释”，还配以帮助读者理解和提高的“赏析”。使对国学造诣程度各异的读者都可以做到读通、读懂，真正做到了老少皆宜、雅俗共赏。

这套书不仅在内容上编排严谨、注解精当；在外观上也充分彰显书籍之美，版式新颖，设计考究、印装精美，必定会成为您工作生活中的良师益友，带给您全新的阅读感受。

前　言

最早的散文形式是甲骨刻辞和彝器铭文。（见郭预衡《中国散文史》。）而“散文”这一名称，在清代时才广泛被使用，将其与“骈文”相对。（见陈柱《中国散文史》。）散文或记人，或叙事，或抒情，题材繁多。古往今来，涌现了大量的散文精品、名篇，内容涵盖诸子哲学、兵家谋略、天文地理、百工技艺、处世箴言等。熟读散文就可熟知中国文化之精华所在。

古人强调“言之无文，行而不远”。中国散文有灵活多变的手法、切实而意义深远的比喻、优美的词藻、详实的说理叙事，言近而旨远。或如行云流水，或如排山倒海；有的以情胜，哀而不伤；有的以气胜，恢宏而包容；有的以理胜，自信而谦谨……充分展示了一个文化古国的胸怀和气度。古代散文是我们现代人写作的无尽宝藏。

古代散文浩如烟海，读哪些篇章，如何读是一个难题，我们编写这本书是为了让读者能大致了解古代散文的情况，“窥一斑而见全豹”，领略古代散文的精神，遇见自己喜爱的作品或作家，引起进一步阅读的兴趣。本书以句带文，所选名句皆注明出处，读者可顺藤摸瓜，做更深入的学习。字、词的注解，译文，欣赏均是抛砖引玉，仅供参考，不足之处，希祈指正。

目 录

先秦部分

多行不义，必自毙。

【注释】

选自《左传·隐公元年》。自毙：即自我灭亡。毙，倒下，引申为灭亡。

【译文】

不断地做不义的事情，必然走向自我灭亡。

【赏析】

郑庄公的母亲武姜偏爱小儿子共叔段。郑庄公即位后，在母亲的请求下，将京邑作为共叔段的封地。共叔段修城逾制、私养家兵、僭越日现。蔡仲提醒庄公注意。郑庄公说："多行不义必自毙，子姑待之。"这说明庄公对弟弟的野心早就知晓并有所防备，之所以对弟弟和母亲的要求听之任之，是因为他不愿违背母亲的意愿，也是一种欲擒故纵的策略。后来，这句话成为警戒恶人行恶的一句通用箴言。

骄、奢、淫、逸，所自邪也。

【注释】

选自《左传·隐公三年》。骄：骄傲。奢：奢侈。淫：无度。逸：享乐，放纵。自：自己，自我。邪：邪路。

【译文】

骄傲、奢侈、无度、放纵，是人走上邪路的根源。

【赏析】

这是卫国大夫石碏劝谏卫庄公的一句话。他说如果溺爱、放纵公子州吁，就容易使他走上邪路。石碏不仅指出骄奢淫逸是使人走上邪路的祸根，也暗示出州吁的为人，意在引起卫庄公的警惕。这句话是石碏总结历史变迁、人物兴亡的经验教训，指出骄傲、奢侈、无度、放纵是使人走向邪路的内在原因，告诫人们只有克己、律己才能有所作为，因为人的行为方式、生活习惯和人生态度是人生事业成功与否的重要因素。

匹夫无罪，怀璧其罪。

【注释】

选自《左传 · 桓公十年》。匹夫：一个人，通常指平民。璧：玉。

【译文】

一个平民本来没有犯罪，只因为他怀中有一块玉璧就有了罪过。

【赏析】

在这里虞叔借这句谚语表白自己无力自保的无奈与无助。自己有一块宝玉，哥哥虞公索要，自己不舍得给，但怕引祸上身又献给了虞公。后来，“匹夫无罪，怀璧其罪”就成了无辜得祸的代名词。同时，也用来谴责那些无中生有、借事生非、祸害他人的邪恶之徒。虞叔献出玉后，虞公又来索要宝剑，虞叔因此说：“是无厌也。无厌，将及我。”虞公贪得无厌，虞叔知道他终将害自己，于是发兵攻打虞公，虞公出奔共池，虞公的贪婪最终使他战败丢国，这个故事也意在警诫世人不要贪得无厌。

一鼓作气，再而衰，三而竭。彼竭我盈，故克之。

【注释】

选自《左传 · 庄公十年》。一鼓：第一次击鼓。

作气：振作士气。再：再次，第二次，指再次击鼓。衰：衰落，指士气下降。三：指第三次击鼓。竭：完，尽，指士气消失。彼：对方，指齐国军队。盈：满，指士气旺盛。故：所以。克：战胜。

【译文】

第一次击鼓的时候士气振奋，第二次击鼓后（如果不投入进攻）士气开始下降，第三次击鼓后士气就十分低落。对方的士气低落而我们的士气振奋，所以就能战胜他们。

【赏析】

鲁庄公十年春天，强大的齐国被鲁国打败了，这场战役能够取胜的关键原因是鲁庄公采纳了大夫曹刿的建议。曹刿在战前对庄公分析的策略很精彩，其中“一鼓作气，再而衰，三而竭”客观分析了齐国军队的作战情况。鲁军正是充分利用了对方三鼓之后士气衰落，而己方士气最旺盛的时候奋勇出击，一举打败了齐军，从而创造了中国古代军事史上充分利用作战双方的士气，以静制动、相机而动的战术范例。从此之后，“一鼓作气”便演变了一句成语，它比喻做事情切不可停顿、间断，而应趁有劲头时一下子就做完，否则很难成功。

心苟无瑕，何恤乎无家！

【注释】

选自《左传·闵公元年》。心：内心。苟：如果，假如。无瑕：没有瑕疵。瑕，指缺失，缺憾。恤：忧虑，担心。

【译文】

心中如果没有缺失，何必担心没有家！

【赏析】

这是晋国大夫士芳劝晋国太子申生应趁早逃亡的一句话。当时申生已有失宠的迹象，士芳就告诫他应尽早有准备，只要心中没有瑕疵，就必定会有安身立命之地。这句生活格言包含了做人的一种价值追求，激励人们不要为小事患得患失，要勇敢地追求远大的目标。

辅车相依，唇亡齿寒。

【注释】

选自《左传·僖公五年》。辅：喻面颊，即腮。车：喻牙床骨。相依：相互依存。唇亡齿寒：嘴唇没有了，牙齿就会因暴露于外而感到寒冷。

【译文】

面颊和牙床骨相互依存，嘴唇没有了，牙齿因为暴露就会感到寒冷。

【赏析】

这是宫之奇劝谏虞公的话。晋献公第二次向虞国借道以伐虢国，虞国大夫宫之奇就用唇亡齿寒的道理劝谏虞公，形象地阐述了虞国与虢国这两个小国之间一存并存、一亡皆亡的依存关系。后来“唇亡齿寒”就演变成了成语，用来表示双方一损俱损、密切相关。

欲加之罪，其无辞乎？

【注释】

选自《左传·僖公十年》。罪：罪过，罪名。辞：托词，借口。

【译文】

想把罪名归于某人，还怕找不到托词吗？

【赏析】

这是晋国大夫里克自尽前反驳晋惠公的话。晋献公死后，晋惠公依靠大夫里克的力量杀死公子奚齐、公子卓之后才得以继位。僖公十年夏四月，周公忌父、王子党和齐国的隰朋立了晋惠公，晋惠公想要杀了里克以示好。他对里克说：“微子，则不及此。虽然，子弑二君与一大夫，为子君者，不亦难乎？”如果没有里克，夷吾当不了晋君，但里克两次弑君，晋惠公认为他的存在威胁到了自己。里克知道晋惠公的目的，因此自尽。这句话后来变成成语“欲加之罪，何患无辞”，指给人加强罪名，害人时说的冠冕堂皇的理由。

白圭之玷，尚可磨也；斯言之玷，不可为也。

【注释】

选自《左传·僖公九年》，引自《诗经》。白圭：白玉。

【译文】

白玉被玷污，尚可以磨掉；言语上的过失，没有办法改变。

【赏析】

晋献公临终前把荀息做为辅政大臣，荀息也表示要为国尽忠以谢君恩。里克在杀奚齐前问荀息，三公子将互相争权，荀息表示若储君不立自己将以死谢先君。奚齐被杀，荀息准备自杀，有人劝他立卓子而辅之，他听从了这个建议立卓子为君，而没有自杀。当卓子又被里克杀死后，他才自杀。所以人们认为荀息不是忠于誓言而死，而是为卓子辅政不得而死。死虽同死，死的意义却不同，不是忠君重誓之死，而是和里克一样为争权夺利而死。这句话正是对荀息自背誓言而使自己死得毫无意义、毫无价值，甚至清名被玷污的评论。这句话说明人不可贪一时之利而失去大节，失言于人，遗恨百世；也反映了古人言出必行的道德规范。

皮之不存，毛将安傅？

【注释】

《左传·僖公十四年》。傅：通“附”，依附。

【译文】

皮都没有了，毛还能依附在哪里呢？

【赏析】

这句话是晋国大夫虢射说的。当时秦国闹饥荒，求救于晋，晋国大臣一部分要求救济，另一部分拒绝救济，虢射就是拒绝派的代表，他以“皮之不存，毛将安傅”反驳大夫庆郑济秦的主张。虢射只看到饥荒将使秦国陷入灾难，对晋国构不成威胁，有怨而无力施报，却没有看到若激怒灾难中的秦国，就使秦国上下万众一心，兴全国之师，有对晋发动战争的危险；没有看到这将使秦军出师义正辞严，而晋不义不德、以怨报德从而失去人心。因为秦国两年前曾借粮帮晋度过难关。在秦发动军事行动后，晋军仓促应战，一战而败，国君被俘证明了虢射的建议是错误的。虢射虽然看到了皮与毛的关系，揭示了现象与本质的关系，但他只看到了秦国的困难，却未看到拒绝秦国的要求所带来的秦晋两国民心的变化；物质基础虽然是重要因素，但在战争中，最重要的还是民心向背的问题。

人谁无过？过而改之，善莫大焉。

【注释】

选自《左传·宣公二年》。过：过失，错误。善莫大焉：没有比这更大的善行了。

【译文】

人谁能没有过错？有过错而能改正，没有比这更大的善行了。

【赏析】

这是晋国大夫士季对晋灵公说的一句话。当时面对晋灵公挥霍享乐、草菅人命的情况，士季准备进谏，但灵公却先承认了自己的过错，并表示今后一定改正。士季听了很高兴，说：“人谁能没有过错？有过错而能改正，没有什么善行比这更大的了。”尽管晋灵公欺骗了士季，行恶如常，但士季进谏的忠言却成为流传千古的箴言警语。他的这种知错就改的思想后来被孔子加以发展，成为“仁”的一种内在要求，对后世产生了深远影响。

众怒难犯，专欲难成，合二难以安国，危之道也。

【注释】

选自《左传·襄公十年》。犯：触犯。专欲：专权的欲望。二难：指触犯众怒和专权。

【译文】

众人的愤怒难以触犯，专权的想法难以成功，把触犯众怒和专权结合起来安定国家，是危险的办法。

【赏析】

这是子产劝阻子孔的话。当时郑国刚刚平息内乱，子孔掌权，重新制定了盟书，规定了官员的职位次序，但大夫、官吏等都不遵从，子孔就想杀他们，子产认为“众怒难犯，专欲难成”，所以劝阻了子孔的想法。这句话表现了子产作为一个开明的政治家对人心的重视。一意孤行，独断专行，触犯众怒，不仅使我们要做的事做不成，而且易使我们处于孤立和危险的境地。

大上有立德，其次有立功，其次有立言，虽久不废，此之谓不朽。

【注释】

选自《左传·襄公二十四年》。大上：至高无上的，最高的。立德：树立德行。立功：建立功业。立言：树立言论。

【译文】

最高的人树立德行，其次建立功业，再其次著书育人，即使人死去很久也不会被废弃，这就叫不朽。

【赏析】

这是鲁国的穆叔回答晋国执政大臣范宣子询问“死而不朽”的话。穆叔道出了精神之美的无穷魅力和无限的生命力，赋予了人生新的意义，即超越个体生命而存在的精神品质。他的见解非常精辟。立德、立功、立言后来逐渐发展成为儒士实现人生价值的理想境界。

夫人朝夕退而游焉，以议执政之善否，其所善者，吾则行之；所恶者，吾则改之。是吾师也，若之何毁之？

【注释】

选自《左传·襄公三十一年》。善：喜好。恶：厌恶。

【译文】

人们早晚游乐于乡校，议论政事的优劣得失。他们认为好的，我就推行它，他们认为不好的，我就改正它。这是我的老师啊，为什么要毁掉乡校呢？

【赏析】

郑国的乡校是聚会和议论的场所，子产执政初期，很多人都在此议论政策的偏颇、执政者的得失。大臣然明觉得，平民议政有损于执政者的尊严。子产明确表示，乡校议政恰恰有利于自己了解民情，知道百姓支持什么、反对什么，以此为鉴，可以制定更加得人心的政策。他还特别强调："我听说过用忠善来减少怨恨，没听说过作威作福可以阻止怨恨，这就像防洪水一样，大决堤的出现，伤人必然多，我不能补救，倒不如开个小口不断泄洪导流，当我听到这些意见后，把它当作治病之良药。"孔子听了子产的话，感慨地说："从这件事来看，人们说子产不仁，我不相信。"春秋时代的子产能支持乡校议政这一件事，表明了他个人有博大、宽广的胸怀，他为以后广开言路、虚怀纳谏的统治者做了表率。

人之爱人，求利之也。今吾子爱人则以政，犹未能操刀而使割也，其伤实多。子之爱人，伤之而已，其谁敢求爱于子？……侨闻学而后入政，未闻以政学者也。

【注释】

选自《左传·襄公三十一年》。政：政事。

【译文】

人们宠爱他人，是希望能做有利于他的事。现在您用政事表现您的爱，就像（人）还拿不动刀子（您）就让他割肉，这会使多方面受到伤害。您的宠爱，只是在伤害他而已，谁还敢求得您的宠爱？……侨（子产名）听说学习之后参与政事，没有听说过在从政中学习的。

【赏析】

这是郑国子产回答子皮想让儿子尹何治理一个城邑的话，他明确表示尹何太小不能胜任。子产提出了如何爱人的问题，爱人就是应当做对他有利的事，而不是做对他不利的事，否则，不仅伤害了他，使他信心受挫，承受无法承受的压力，而且也会伤害他人，危及国家，使他无力自拔。最后子产提出“学而后入政”的观点，具有巨大的进步意义。这种观点被孔子加以继承和发展，提出了“学而优则仕”，强调了学习的重要性，且强调了治理国学的人应是有能力者，对后世有重要的影响。

政不可不慎也，务三而已：一曰择人，二曰因民，三曰从时。

【注释】

选自《左传·昭公七年》。务三而已：致力于三件事罢了。择人：选拔人才。因民：顺应百姓。从时：遵从时令。

【译文】

治理国家不能不慎重呀，致力于三件事罢了：第一是选拔人才，第二是顺应百姓，第三是遵从时令。

【赏析】

古人经常把自然界的怪异现象看作是吉凶的先兆。鲁昭公七年四月日食，晋侯向士伯咨询灾异情况。士伯趁机就把它归结到政事的治理上，并进一步开导说：“治理国家不能不慎重呀，致力于三件事罢了：第一是选拔人才，第二是顺应百姓，第三是遵从时令。”其实，天象变化等自然现象与政事并无关系，但士伯在此把治国精要概括为此三点，表明了他深谙治国之道。

末大必折，尾大不掉。

【注释】

选自《左传·昭公十一年》。末：树枝。掉：通“调”，掉转，摇动。

【译文】

树枝过大一定会折断，尾巴过大一定不能摇摆。

【赏析】

这是在鲁昭公十一年的时候，申无宇劝阻楚王派公子做蔡公的话。申无宇用此话来暗示把公子弃疾放在边邑会难以控制，容易酿成祸乱。这句话形象生动地揭示了政治体制组织的特点，形象地说明了政治结构中局部和整体的关系，含蓄、深刻地表明了自己的态度。

夫火烈，民望而畏之，故鲜死焉；水懦弱，民狎而玩之，则多死焉，故宽难。

【注释】

选自《左传·昭公二十年》。火烈：火性猛烈。鲜死焉：很少有人死在火里。焉，兼语词，于此。懦弱：这里指柔和。狎：亲近。

【译文】

火性猛烈，人看见便畏惧它，所以很少有人死在火里；水性柔和，人亲近且玩弄它，就有很多人死在水中，所以宽厚难以把握。

【赏析】

郑国执政贤臣子产临死前的话，他认为自己死后郑国将由子太叔执政，这几句便是子产就如何执政劝子太叔的话。在此，子产用水火比喻治政的宽严，把两者的内在联系分析得透彻深入。子产是春秋时期郑国著名政治家，他辅政二十余年，郑国国泰民安。孔子称其为“古之遗爱”。

政宽则民慢，慢之纠之以猛；猛则民残，残则施之以宽。宽以济猛，猛以济宽，政是以和。

【注释】

选自《左传·昭公二十年》。宽：宽厚，宽和。慢：轻慢。纠：纠正。猛：严厉。民残：民众受到伤害。济：调节。

【译文】

政治宽和了，百姓就会轻慢，轻慢就用严厉的政策来纠正他们；严厉了百姓就会受到伤害，受到伤害就用宽厚的政策来对待他们。用宽厚来调节严厉，用严厉来调节宽厚，政事因此才能协调。

【赏析】

郑国子产死后，执政的是子太叔，虽然子产曾建议他以严治国，但是子太叔不忍心严厉治民，结果盗贼蜂起。子太叔后悔没听子产的话，于是出兵剿灭了盗贼。孔子听到这些事后赞叹说："好哇！政治宽和了，百姓就会轻慢，轻慢就用严厉的政策来纠正他们；严厉了百姓就会受到伤害，受到伤害就用宽厚的政策来对待他们。用宽厚来调节严厉，用严厉来调节宽厚，政事因此才能协调。"这里，孔子明确地点出了"宽""猛"这两种治政方法相辅相成的关系和应用的条件。子产"宽""猛"相继的治国策略对中国历史产生了深远的影响。诸葛亮治蜀时，就认为刘璋软弱不明，政失之于宽，要求治蜀必以猛济之，建立法令严明的蜀汉政治制度。其实宽或猛，都是一种政治策略，这种政策的有效实施，必须以正确的审时度势和判断为前提，否则危害极大。

命救火者伤人则止，财可为也。

【注释】

选自《左传 · 哀公三年》。财可为也：财富是可以创造的。

【译文】

命令救火的人受伤就停下来，因为财富是可以创造的。

【赏析】

据《左传》记载：鲁哀公三年，王官发生大火，很多人都在扑救。季桓子赶到火场后却说，如果被火伤了就请停下吧，钱财没了还可以再创造。季桓子的这种重人轻财思想，实在是值得褒扬的。天下万物，以人为贵，人的生命是无价的，每个人的生命只有一次，是任何物都无法替代和补救的。财富无论价值多么昂贵，都是人创造的，存人失财，财可复得，存财失人，人财两空。通过这个故事我们应该有所启发，命和钱谁重谁轻一目了然，不要太看重钱财。

除腹心之疾，而置诸股肱，何益？

【注释】

选自《左传 · 哀公六年》。除腹心之疾：除去内脏的疾病。诸：之于。股肱：大腿、胳臂。何益：有什么好处？

【译文】

除去内脏的疾病，把它们放在大腿和胳臂上，有什么好处？

【赏析】

这是鲁哀公六年楚昭王回答周太史的话。当时，连续三天，天空出现异兆，周太史说这种奇怪的现象会应在君王身上，如果禳祭祈祷，可以移到令尹、司马身上。楚昭王说："除去内脏的疾病，把它们放在大腿和胳臂上，有什么好处？"便没有禳祓灾异。将君王之灾移至臣子身上，对国家来说，都是不利的，没有不同。

鸟则择木，木岂能择鸟？

【注释】

选自《左传·哀公十一年》。木：树木。岂：怎么，哪里。

【译文】

鸟能够选择树木，树木怎么能选择前来栖息的鸟呢？

【赏析】

鲁哀公十一年，卫国内乱，卫文子要攻打太叔时疾向孔子征求意见，这句话是孔子的回答，他一方面是说给卫文子听的，另一方面也是说给自己的。

这句话流露了孔子对卫文子的失望和不满，表达了自己择木而栖、择主而事，继续寻求实现自己政治主张的贤主的决心。他不愿改变自己观点，屈己从人。孔子这种态度值得人们学习。

防民之口，甚于防川。

【注释】

选自《国语·周语上》。防：堵塞。

【译文】

堵塞老百姓的嘴巴，比堵塞江河的后果还要严重。

【赏析】

“道路以目”这个成语讲的是周厉王暴政的故事。他暴虐残酷，让人监视百姓，怕百姓说他坏话，结果，百姓不仅不敢议论周厉王的过失，甚至路途中偶遇也只能用眼神暗示。邵公于是劝谏厉王说，这种堵塞百姓嘴巴的方法比堵塞江河造成的后果还严重，水能载舟也能覆舟，堤坝一旦崩溃，就会泛滥成灾，伤人更多；百姓一旦忍无可忍，就会像洪水一样冲毁残暴的政权。周厉王没有听取他的劝谏，导致了国人反抗、自己出逃的落魄下场，也使自己失去了君王之位。

众心成城，众口铄金。

【注释】

选自《国语·周语下》。铄：销毁。

【译文】

只要大家齐心协力，就会像城墙一样坚不可摧；如果很多人一起毁谤，就是金石也可以销毁。

【赏析】

得民心者得天下。群众的力量是伟大的，如果群众都喜好乐从，那么办事就会成功，如果做民众都讨厌的事，十有八九将会被抛弃。古代有谚语说：“民之所欲，天必从之。”所以，统治者做事必须考虑到民心、民意。前半句演变成成语“众志成城”，比喻大家精诚团结，就能形成强大的力量取得成功。后半句成为成语“众口铄金”，比喻人言可畏，舆论的力量极大，连金属都可以销熔，众口同声，甚至可以混淆是非、颠倒黑白。这句话告诫人做事要齐心协力，有合作精神，这样便会成功。

伐木不自其本，必复生；塞水不自其源，必复流；灭祸不自其基，必复乱。

【注释】

选自《国语·晋语一》。基：始。

【译文】

砍伐树木不从树根砍断，树木一定会重新生出芽来；堵塞水流不从源头堵住，水一定会继续流淌；消灭祸患不从开始做起，一定会产生祸乱。

【赏析】

这是太史苏对晋献公斩草不除根从而导致国家动荡的评价。当时，献公伐骊戎杀了骊戎的君主却留下了他的三个女儿，骊姬最得宠，想立子奚齐为太子，遂进谗言使三个公子流亡在外。史苏此评语包含的哲理发人深思，人们塑造自己的品格、德行，做事都必须有“除恶务尽”的决心和勇气，一时容忍往往会后患无穷。

声一无听，物一无文，味一无果，物一不讲。

【注释】

选自《国语·郑语》。果：美味。

【译文】

声音只有一个调就没有什么可听的，颜色都一样就不成文彩，味道都一样就谈不上美食，事物单一就没有比较。

【赏析】

周太史伯与郑桓公讨论周朝的兴衰大势。太史伯对形势和国家前景做了分析，他从天命出发，“民之所欲，天必从之”，着眼点落在人事上。他认为和谐才能生万物，相同就不能发展，就像声音单一没有音乐，色调单一没有文彩，味道单一没有美食，事物单一就不能比较。执政者听不进意见，整日闭目塞听，只能导致国家衰亡。

争名者于朝，争利者于市。

【注释】

选自《战国策·秦策一》。

【译文】

在朝堂上争求名誉，在市场上争求利益。

【赏析】

这是司马错和张仪在秦惠王面前争论究竟是出兵伐蜀还是伐三川时张仪说的一句话。司马错认为应乘蜀国之乱伐蜀，可以广地、富国、强兵；张仪坚决反对这一主张，而支持伐三川。他认为

【画花鸟】册 局部［明］蓝瑛 中国台北故宫博物院藏 57－1

【画花鸟】册 局部 〔明〕蓝瑛 中国台北故宫博物院藏 57-1

三川乃周室，是天下之朝市，有利于成就帝王之业。惠王不愿伐周而得天下恶名，支持司马错伐蜀的实惠主张。“争名者于朝，争利者于市”这句话是说追求名誉的人必须到朝堂上，即众望之地去，追求利润的人必须在市场上从交易中求得，所求必从其路，所求必入其地，否则就是缘木求鱼不可得。尽管张仪不了解秦惠王和秦国的要求，但这句话也包含一定的哲理。那就是只有先确立自己的目的，人们才能确定利用什么样的方式和手段去实现它。

百人舆瓢而趋，不如一人持而走疾。

【注释】

选自《战国策·秦策三》。趋：向前走。疾：快。

【译文】

一百个人抬一个瓢向前急走，不如一个人拿着它跑得轻快。

【赏析】

杀鸡焉用牛刀？做事情要事先进行估量，以免造成资源的浪费。“百人舆瓢”讲的也是这个道理。这是应侯劝谏昭王时用的比喻，旨在说明国无二主，如果有多种力量共同执政，就会出现瓢裂国破的结果。做事必须根据事情本身的难度大小决定使用的力量，这有一定的道理。有时候造成资源浪费还是小事，过犹不及，把事情做坏才是令人遗憾终身的事。

君不闻海大鱼乎？网不能止，钩不能牵，荡而失水，则蝼蚁得意焉。

【注释】

选自《战国策·齐策一》。

【译文】

您没听说过海大鱼吗？用鱼网捕不到它，用鱼钩钓不上它，可是，当干得连一滴水都没有时，再小的蚂蚁、蝼蛄也能制服它。

【赏析】

世上的万物都是相生相克的，再强大的事物也有它的天敌，有时候还是非常弱小的事物。海大鱼在大海中可谓强大，“网不能止，钩不能牵”，可是一到陆地，连蝼蚁也可以征服它。大与小、强与弱不是一成不变的，大的未必处处强大，小的未必处处弱小，大小与强弱并非完全对立，各以其所处的环境来决定。大与小各有其长，故大不可凌小，无视小的存在。谁是强者？能根据自身优点来发挥自己优势的人就是强者。

狡兔有三窟，仅得免其死耳。

【注释】

选自《战国策·齐策四》。

【译文】

狡猾的兔子有三个窝，才能免除其死亡。

【赏析】

冯谖认为狡猾的兔子用三个窝来逃避死亡的危险，何况聪明的人类呢？这是冯谖在孟尝君营造一个安身之所后所说的话。这里的“窟”，其实不是一般意义上的家，而是指一种退路、一个在危险的时候可以安身的地方。冯谖投于孟尝君门下，孟尝君问他有什么爱好，他说没有什么爱好，问他有什么才干，他说自己也没有什么才干。因此孟尝君仅以粗茶淡饭供应他，冯谖依柱弹剑而歌“长铗归来乎，食无鱼”，给之鱼；又歌“长铗归来乎，出无车”，给他车用；他又歌到“长铗归来乎，居无家”，孟尝君又供养他的母亲。后孟尝君派他到薛地收租收债，他带契券而去，招诸民核对了以后，便假借孟尝君的命令烧了全部契券，百姓高呼万岁。孟尝君被罢官后，薛地民众扶老携幼，在官道中欢迎他，孟尝君很感激冯谖。于是冯谖便以这句话劝孟尝君再营造二窟，准备好后路，才能在激烈的政治争斗中立于不败之地。这句话就是成语“狡兔三窟”的来源。如果在做事之前能够多设想几种可能，为自己留下退路，那么做事就会万无一失了。

士为知己者死，女为悦己者容。

【注释】

选自《战国策·赵策一》。悦：喜欢。

【译文】

壮士为赏识自己的人献出生命，女子为喜欢自己的人打扮。

【赏析】

千金易得，知己难求。所以古往今来的壮士不惜用生命来报答知遇之恩，许多人发出“知音少，弦断有谁听”的感慨。正是知音难觅、知己难求，古人十分珍视友情，愿用全部生命回报知己。古时伯牙抚琴，只有钟子期能欣赏他的琴曲，理解其中的内涵，后来钟子期死了，伯牙终生不再抚琴。这个故事不仅悲叹了两个知音的悲怆际遇，而且也感叹了知音的难觅。如果拥有了友情，请好好珍惜吧！

怀重宝者，不以夜行；任大功者，不以轻敌。

【注释】

选自《战国策·赵策二》。任：担负。

【译文】

携带珍宝的人，不在晚上行走；肩负重任的人，不对敌人掉以轻心。

【赏析】

如果怀揣珍宝行夜路，那将十分危险；如果承担重大责任去应对敌人而不谨慎小心，同样也是危险的。因为任务越重，风险越大，容不得任何疏忽和大意，万一出错，后果将不堪设想。一个人声名显赫，就会引起别人的注意，难免会遭到一些人的非难和攻击。聪明的人，能够时时提醒自己，谨慎处事才能逢凶化吉。这句话告诫人们，当树立远大志向后，在通往成功的征途上一定要小心谨慎，切不可疏忽大意，否则将会功亏一篑。

学而时习之，不亦说乎？有朋自远方来，不亦乐乎？人不知而愠，不亦君子乎？

【注释】

选自《论语·学而》。说：通“悦”。朋：指朋友。乐（yuè）：快乐。知：了解。愠（yùn）：恼怒。

【译文】

学习知识，并且反复温习，牢固地掌握知识，不也是令人高兴的事吗？有朋友从远方来，不也十分快乐吗？别人不了解自己而自己并不因此而恼怒，不也是君子风度吗？

【赏析】

孔子提倡的做人的三种重要品质是：好学、乐交、宽容。人不好学，无以为文，不能成为真正的士，不能立于君子之侧；不能脱离愚昧、粗野，当然更不能成为人才，有益于社会。学习是人成就自己的唯一途径。人不结交朋友，既不能知人，也不能使别人了解自己，只有在与朋友的交往中才能互相激励，互相鞭策，共同提高，才能使自己的思考、行为得到人们的监督、评价，进而影响社会，才能摆脱孤独，摆脱狭隘，摆脱妄自尊大，摆脱自卑。知人难，被人知更难，正因为这样，人们才高呼理解万岁。但不被人理解却是常有的事，或者自己先知先觉，或者相互缺乏了解，或者自己的思想还不完善，自己应当加倍努力完善自己，不断与人交流。君子慎独，既重视自己独得之见又尊重他人的见解，不能因为世人不了解自己而苦恼、愤愤不平。要想让人了解自己，自己应首先了解、理解他人。只有宽容，人们才能与他人和谐相处。孔子提倡的做人的品质后来逐渐构成了传统士人人格精神的核心，对传统文化的产生了深远的影响。

吾日三省吾身：为人谋而不忠乎？与朋友交而不信乎？传不习乎？

【注释】

选自《论语·学而》。三省（xǐng）：多次反省。传（chuán）：指老师传授的东西。

【译文】

我一日三次反省自己：为人做事是否尽心尽力？与朋友交往是否遵守信用？老师传授的知识是否反复温习？

【赏析】

儒家学者将齐家、治国、平天下作为自己的人生目标，他们把“修身”看成这个目标的先决条件，故提倡一日三省自身。曾子所说的这几句话都是儒家所重视的修养内容。忠、信是儒家所提倡的道德规范和行为准则。学习老师传授的知识，是提高个人修养的途径。曾子把每日的多次反省当作必修课程，由此可见儒家对个人道德有严格的要求。

不患人之不己知，患不知人也。

【注释】

选自《论语·学而》。患：担心。不己知：倒序句，即“不知己”。知：了解。

【译文】

不要担心他人不了解自己，而应担心自己不了解他人。

【赏析】

孔子一向主张要严以律己，宽以待人。他人是否了解、理解自己，不是自己所能决定的，而自己是否理解、了解他人，这是可以做到的。因此，要推己及人，不能怨天尤人。从自己做起，积极主动地理解别人，这也是让他人了解、理解自己的重要方法。待人不如待己，求人不如求己，要积极主动地了解他人而不要消极被动地担心他人是否了解自己。只有对他人有了充分的了解才能更好地与之相处，才能学习他人的长处，弥补自己的不足，才能为他人所知，得到他人的理解。这种积极的处世观，对提高个人的修养大有益处。

吾十有五而志于学，三十而立，四十而不惑，五十而知天命，六十而耳顺，七十而从心所欲，不逾矩。

【注释】

选自《论语·为政》。立：成熟，独立。耳顺：指好话坏话都能听进去。逾（yù）：越出。

【译文】

我十五岁立志学习，三十岁开始有所成就，四十岁时没有疑惑，五十岁时知天命，六十岁时什么话都能听进去，七十岁时就能完全按照自己的意愿做事，不超越任何规矩。

【赏析】

这是孔子对自己人生经历的精炼概括。他认为学习是最值得重视的事业，他说自己“非生而知之”，知识学问都是后天不断学习积累的。孔子十五岁立志治学，终生勤奋好学，老而学《易》，韦编三绝。如此持之以恒的学习态度，正是孔子达到三十而立、四十不惑、五十知天命这种境界的基础，也是孔子成为中华文化圣人的基础。孔子这种好学善思的精神，值得人们永远学习。“三十而立”、“四十不惑”等现在已经成为成语，其内涵远远超过了原来的意思，成为中国人给自己的人生定位。

温故而知新。

【注释】

选自《论语·为政》。知：探求。

【译文】

温习学过的知识，就可以从中探求新知。

【赏析】

学习是一件不能间断的事，也是一件不断重复的事，孔子认为复习对学习来说很重要，不仅能巩固旧知识，还能获得新知识。“温故而知新”是孔子教育思想中在后世流传最广的观点之一，是其教育思想的精华。它符合人的学习规律，掌握知识需要长期而艰苦的努力，知识的积累是一个循序渐进的过程。

君子周而不比，小人比而不周。

【注释】

选自《论语·为政》。周：团结，指正面意义。比：勾结，指反面意义。

【译文】

君子相互团结，与大家和睦相处，合作共事，但不结党营私；小人只会结私党，而不能与所有人都和睦相处。

【赏析】

孔子认为君子与小人的区别在于君子拥有广阔的胸襟、恢宏的气度，能够严于律己、宽以待人，和大家保持良好的关系，而小人则不能。其实君子、小人并非天生的，有的人心胸狭窄，追求私利，为自己的私利相互勾结，排斥异己，便成为小人；有的人心底无私，善于团结多数人共同工作，便成为君子。以品质来区分君子、小人，正是要求人们重视自身修养，做个宽容大度、团结友爱的君子。

学而不思则罔，思而不学则殆。

【注释】

选自《论语·为政》。罔（wǎng）：迷惘。殆：疲殆，精神疲倦。

【译文】

只学习不积极思考，就会迷惘而无所得；终日思考而不学习，就陷入空想，精神疲殆。

【赏析】

在学习中，学与思二者同等重要，不可偏废，两千多年前的孔子便提了出来。他认为只用功学习不开动脑筋思考问题、举一反三，仅仅记住学到的概念，不能理解，不会运用，不能变成自己的知识，学习就变成一种徒劳无益的事；相反如果只喜欢苦思冥想，思绪就会倦殆、枯竭，变成空想，也无法获得真知。不肯坐下来扎扎实实地读书，积累知识，不会在学业上有大的进步。因此，正确的学习态度是学思并重，既用功读书，又勤于思考，这样才能在学业上有所收获与突破。

朽木不可雕也，粪土之墙不可圬也。

【注释】

选自《论语·公冶长》。圬（wū）：把墙抹平。

【译文】

腐朽的木头不可以雕琢，粪土做的墙不能抹平。

【赏析】

这是孔子说其弟子宰予的话。宰予非常懒惰，大白天也睡觉，而孔子一生勤奋好学，看到自己的学生懒惰，当然十分生气，于是就骂他“朽木不可雕也”。朽木不可雕也”现已成为成语，流传甚广。孔子在这句话后面又说：“今吾于人也，听其言而观其行。”孔子以前是听别人说什么便相信对方是什么样的，因为宰予，他开始听别人说的同时观察对方的行为，才敢下定论。

知之者不如好之者，好之者不如乐之者。

【注释】

选自《论语·雍也》。

【译文】

知道、了解它的人不如爱好它的人，爱好它的人不如以它为快乐的人。

【赏析】

表面上讲了三种人，其实是讲三种学习境界。知之，是被动的学习，缺乏主观能动性，只是为了学习而学习。好之，是把学习当作个人的兴趣、爱好，并通过自己的主观努力而获取知识。乐之，是学习的最佳境界，即把获取知识当作人生最大的乐趣。求学本身是件苦事，如果在这个过程中能使心灵得到愉悦、满足的话，自己终会学有所成。

知者乐水，仁者乐山；知者动，仁者静；知则乐，仁者寿。

【注释】

选自《论语·雍也》。知者：即智者，聪明的人。乐：喜欢。

【译文】

聪明的人喜欢流动的水，有德行的人喜欢耸立的山；聪明的人好动，有德行的人喜欢静；聪明的人快乐，有德行的人长寿。

【赏析】

动是流水的特点，静是大山的特征。流水的动，其实质就是变化，以人的品质来说就是要通达；大山的静，实质就是安定，以人的品质来说就是要稳定沉着。仁者和智者既喜欢山水，又具有山水的内涵，这种以山水特点为象征的精神内涵，是儒家推崇的精神境界。

君子坦荡荡，小人长戚戚。

【注释】

选自《论语·述而》。戚戚：悲伤的样子，引申为局促忧愁。

【译文】

修养高的人，往往胸怀坦荡；修养不高的人，经常是忧愁的样子。

【赏析】

君子和小人的古今意义差别很大，在这里君子指道德修养高的人，小人则指修养不高的人。自古以来儒家对于君子的要求很多，在各个方面都有其道德行为的规范，其中胸怀坦荡就是一个重要道德标准。小人总是斤斤计较，患得患失，以自我为中心。这两者孰轻孰重一目了然，因此君子之风成为历代读书人的追求。

鸟之将死，其鸣也哀；人之将死，其言也善。

【注释】

选自《论语·泰伯》。善：友好，和气。

【译文】

鸟快要死的时候，鸣叫十分哀伤；人快要死时，话也往往会充满善意。

【赏析】

这两句话脍炙人口，流传千古。在古人的眼中鸟始终是快乐的，终日在树林中鸣唱着快乐的歌曲。一旦危险来临或死亡来临，它也会发出声声悲鸣。人生在世，受种种利害制约，说的话，往往言不由衷，人们只有“听其言观其行”才能了解其中的真意，一旦到了危难关头，生命的火焰即将熄灭的时刻，一切利害、荣华均成了过眼云烟，此时人说话往往会流露真情。这句话是曾子生病、孟敬子来探访时，他所说的。曾子之后又说了三个君子看重的道，即容貌、颜色和辞气。

后生可畏，焉知来者之不如今也？

【注释】

选自《论语·子罕》。后生：即生于后，指年少的人。畏：惧怕。焉：怎么，哪里。

【译文】

年轻人是新生力量，很有可能超过前人，因而值得敬畏。哪里知道后来的就不如今天的人呢？

【赏析】

后来居上，长江后浪推前浪，一代新人换旧人。身为教育家的孔子十分重视年轻人，年轻人朝气蓬勃，具有旺盛的生命力，他们是未来世界的主宰。老一代人对年轻人应多扶持培养，让他们更快地成长为社会的栋梁之材。这对那些一味哀叹一代不如一代、思想保守的人来说是一个很好的训诫。人老了以后，要善于发现新人，乐于让贤，这才有利于社会的正常运转。

己所不欲，勿施于人。

【注释】

选自《论语·颜渊》。欲：想要。施：推行，强加。

【译文】

自己不想要的东西（遭遇），不要强加给别人。

【赏析】

我非子，不知子之乐；我是我，我知己之乐。用此推己及人的方法，不要把自己不喜欢的东西强加给别人。孔子提出一条重要的处世准则，我们虽不知道别人想要什么，但知道自己不想要什么，自己不要的，别人也不会想要。即使不能成人之美，也不能陷人于不幸。

欲速，则不达；见小利，则大事不成。

【注释】

选自《论语·子路》。欲：想。速：快。不达：不能实现。

【译文】

成功心切，想要加快速度，反而达不到目的；贪恋小的实惠，就干不成大事情，不能成大气候。

【赏析】

事物总有自身的发展规律，如果按规律办事就会事半功倍，反之欲速则不达。寓言故事“揠苗助长”讲的也是这个道理。宋国有个人嫌庄稼长得慢，把苗一棵棵往上拔，他自认为帮助苗生长了，可结果禾苗都枯死了。可见，如果违背事物发展的客观规律，强求速成，不但达不到预期效果，可能还会事与愿违。

不怨天，不尤人，下学而上达，知我者其天乎！

【注释】

选自《论语·宪问》。尤：责备。下学：即学下，学的是平常的知识。上达：即达上，通达于仁义。

【译文】

不一味地抱怨命运，不责备别人，通过学习平常的知识，理解其中的哲理，获得人生的真谛，理解我的难道只有苍天吗！

【赏析】

这是孔子面对现实发出的喟叹，他终生勤学好思，育人因材施教，他周游列国，整理古籍。他的感慨对后人极具启示，他主张责己，凡事从自己身上找问题，自我反省。成语“怨天尤人”即出于此。

人无远虑，必有近忧。

【注释】

选自《论语·卫灵公》。远：长远。近：眼前。

【译文】

人做事没有长远的考虑，一定是有近处的忧患。

【赏析】

有志之人立长志，会对自己的长远计划考虑。如果没有长远的考虑，生活中的琐事每日都会困绕着你，让你很难理出头绪，使你以此淹没于琐碎的小事中。因此孔子告诫人们，人生要有长远打算，否则总会有眼前的忧患。“未雨绸缪”、“防患于未然”都是就此而言的。

君子求诸己，小人求诸人。

【注释】

选自《论语·卫灵公》。前一个“求”，指严格要求自己；后一个“求”，指苛求别人。

【译文】

君子严格要求自己，小人则苛求别人。

【赏析】

这个观点在《大学》里就有，后来朱熹在《四书章句》里又重申和发展了这一观点，他认为只有自己达到了善，才能去要求别人向善。在这里是教导人们不要苛求别人，而要严格要求自己。后又发展为“严以律己，宽以待人”，人们把它作为人们处世的准则。

小不忍，则乱大谋。

【注释】

选自《论语·卫灵公》。不忍：既指不能忍耐愤怒，也指不能忍耐小恩小利。乱：扰乱、败坏。谋：谋略。

【译文】

小事情上不能容忍、割舍、忍耐，就有可能坏大事。

【赏析】

“大肚能容，容天下难容之事。”“宰相肚里能撑船。”这些话无不说明了要成就大业必须具有超凡的忍耐力，要能忍常人所不能忍。当制定好一个大的计划时，不能因小事情而坏大事。要有一定的肚量，容忍可能出现的各种过失，遇到的各种困难，蒙受一定的损失；只有付出一定代价，牺牲一时的快乐，才能保证大计划的完成。

众恶之，必察焉；众好之，必察焉。

【注释】

选自《论语·卫灵公》。众：众人，大家。察：考察，省思。

【译文】

大家都厌恶他，一定要去考察（他）；大家都喜欢他，也一定要去考察（他）。

【赏析】

实践是检验真理的唯一标准。生活中，不管对人还是对事，我们都应以实践来检验。孔子观察到了这种情况，并主张要仔细考察。大家为什么都厌恶一个人，都喜欢另一个人，这是值得我们思考的一个问题。大家都厌恶或都喜好，总有一定的道理在其中，既不能人云亦云，也不能忽略大家的意见。不论众好、众恶都不能人云亦云，必须认真考察而后得出自己的见解。在为人处世中，能不人云亦云而有独立的见解，实属难能可贵。

当仁，不让于师。

【注释】

选自《论语·卫灵公》。当：面对。让：谦让。

【译文】

面对实践仁道的时机，即使是自己的老师也不必谦让。

【赏析】

儒家思想认为最高的道德标准是“仁”，如果遇到符合“仁”的事情，是没有必要谦让的，应当勇于实行，因为它是老师和学生共同追求的目标。“当仁不让”这个成语就出于此，只是“仁”的含义更加广泛，并不局限于儒家的道德标准。我们也可将其引申为只要是有益于人民的好事，就不要推辞，而要勇挑重任。

道不同，不相为谋。

【注释】

选自《论语·卫灵公》。道：指道路、主张、理想。谋：商量，讨论，合作。

【译文】

理想、道路不同的人，没有必要听取对方的意见。

【赏析】

酒逢知己千杯少，话不投机半句多。这就是“道不同，不相为谋”。人生观、理想、做人处事原则根本不同、根本对立的人，就没有必要听取对方的意见，不必在意对方的批评，要坚持自己的主张，不为对方所动摇。君子、小人异路，根本对立，没有折衷的道路可走，妥协只能使正确、正义的事业受损。“道不同”是指根本对立的两种理想、信念、立场、人生观，不是指枝叶问题的分歧。孔子所说的宽容、仁爱是指君子之间、朋友之间。既然不是内部可以商量解决的事情，就没有必要再浪费时间，应坚决地不予理会。

益者三友，损者三友。友直，友谅，友多闻，益矣。友便辟，友善柔，友便佞，损矣。

【注释】

选自《论语·季氏》。益者：有益的。损者：有害的。三友：三种朋友。谅：宽容。便辟：习惯争论、喜欢驳斥他人。善柔：柔弱，这里指没有原则、没有立场、没有主见的人。便佞：习惯巧言谄媚。

【译文】

有益的朋友有三种，有害的朋友也有三种。与正直的人交友，与宽容的人交友，与知识丰富的人交朋友，是有益的。与那些习惯争论的人交友，与没有原则、立场、主见的人交友，与习惯于谄媚的人交友，都是有害的。

【赏析】

“物以类聚，人以群分。”“近朱者赤，近墨者黑。”朋友在每个人的生活中都占据了重要的位置，对个人的影响很大。真正有益的朋友，坦率诚信，见闻广博，能在你最需要的时候出现在你面前。而那些奉迎拍马、口蜜腹剑、巧言谄媚的朋友，在事业上、生活上对你不仅没有帮助，还十分有害。这一交友原则，值得我们学习。

君子有三戒：少之时，血气未定，戒之在色；及其壮也，血气方刚，戒之在斗；及其老也，血气既衰，戒之在得。

【注释】

选自《论语·季氏》。戒：告诫、警告。壮：壮年，古以三十岁左右为壮年，方刚：正盛。斗：逞强，斗胜。得：贪婪。

【译文】

君子有三戒：少年时，血气没有定型，应时时告诫自己不能受事物的诱惑；到了壮年，血气方刚，应告诫自己不要逞强好斗；到了老年，血气衰弱，应告诫自己不要贪恋名利。

【赏析】

人的一生中会有很多诱惑，在人生发展的每一阶段上都要把握好自己。年轻时，血气未定，容易被万事万物所诱惑而伤身伤神；壮年时，血气旺盛，最容易逞强斗勇；年老了，血气已衰，贪得无厌就有损一世英明。《淮南子·诠言训》就总结了一条规律："凡人之性，少则猖狂，壮则强暴，老则好利。"如果能把握住人生这三个阶段的不同特征，那么就会过好人生中的每个阶段。

君子有三畏：畏天命，畏大人，畏圣人之言。

【注释】

选自《论语·季氏》。畏：害怕。大人：位尊之人。言：思想，理论。

【译文】

君子有三畏：敬畏天命（而不亵渎），敬畏尊者（而不轻慢），敬畏圣人的话（而不自以为是）。

【赏析】

因为天命不为常人所知，所以君子惧怕；因为君子读孔孟之书，所以敬重位尊之人；因为圣人的思想言语能指导平常人的言行，所以君子尊重他们。孔子不是宿命论者，但他讲天命，《论语·为政》："五十而知天命。"君子受到命运的制约，而难以实现"仁"的理想。常人的修养不及君子，受命运制约的影响更大，自然就对处于高位的人和圣人的言论无形中产生敬畏之心。宋代王安石反其意，提出君子三不畏，即君子不畏天命，不畏大人，不畏圣人之言，这是在为他接下来的改革提供思想理论基础。

其未得之也，患得之。既得之，患失之。苟患失之，无所不至矣。

【注释】

选自《论语·阳货》。患得之：从上下文意思推知，当为“患不得之”。之：指官位。无所不至：即无所不为，什么事都能做出来。

【译文】

没得到的时候，担心得不到。得到了，又担心失去它。假如担心失去它，就什么事情都做得出来。

【赏析】

人生最悲哀的事情莫过于生活在幸福的时候不懂得珍惜，总是在患得患失间失去自己拥有的一切。这句话说的就是这种患得患失状态的危害，可能会无所不做。看清自己所处的位置，弄明白自己拥有的一切，就显得至关重要。如果过分看重得失，会错过人生旅途中的许多美好的东西，以至于原本就属于自己的东西也会与自己失之交臂。

往者不可谏，来者犹可追。

【注释】

选自《论语·微子》。往者：过去的。谏：说，劝止。这句话是说过去的已经过去，再说也没有用了。来者：未来的。追：追回，抓住。这句话是说未来的还未到来，只要心里有所准备，肯定会抓住的。

【译文】

过去的人和事不能改变，将来的机会则必须抓住。

【赏析】

往事已矣。再悲伤也只是徒劳，再努力也只是做无用功。人应该做的只有把握现在，追寻未来，现在和未来是属于我们自己的。这里告诫人们不要生活在后悔之中，而应吸取以往的教训，抓住现在的时机，追求未来的成功。要向前看，重视当前的事，做好当前的事，不要重蹈覆辙。

仕而优则学，学而优则仕。

【注释】

选自《论语·子张》。优：前一个“优”指优游，空闲。后一个“优”指优异，出色。

【译文】

做官后还有空闲的时间，就应该学习；学习后成绩优异者方可做官。

【赏析】

“学而优则仕”是古代官吏选拔的一个原则。读书人入仕做官，才能实现自己济世报国的理想。虽已做官，但也要继续学习，进一步提高自己的修养和能力。“学而优则仕”是孔子选贤任能的政治思想的反映。

权，然后知轻重；度，然后知长短。物皆然，心为甚。

【注释】

选自《孟子·梁惠王章句上》。权：用秤量。度：用尺量。

【译文】

用秤称量，才能知道物的轻重；用尺子量，才能知道物的长短。事物都是这样，心更是这样。

【赏析】

哲学界关于物质的本原一直存在着“可知论”和“不可知论”两个派别。“可知论”认为世界是可以被认识的，“不可知论”则认为除感觉或现象外，什么也不可知，无法知道事物的本质或本体。孟子认为“称一称，就知道轻重；量一量，就知道长短，世界上的万事万物都是这样的，人的心更是这样。”从这句话可以看到孟子的哲学思想闪耀着智慧的火花。

恻隐之心，仁之端也；羞恶之心，义之端也；辞让之心，礼之端也；是非之心，智之端也。人之有四端也，犹其有四体也。

【注释】

选自《孟子·公孙丑章句上》。恻隐：同情。端：端绪，萌芽。

【译文】

同情心是仁的萌芽；羞恶心是义的萌芽；辞让心是礼的开端；是非心是智的开端。人有这四种德行，就像人有四肢一样。

【赏析】

儒家崇尚的仁、义、礼、智是四种伦理道德，孟子认为这四种伦理道德起源于人本身所具有的恻隐、羞恶、辞让、是非之心，这就是仁、义、礼、智的四端，它就和人体的四肢一样，是人生来就固有的。人们应该扩充这四端，就像使星星之火燃成燎原之势，使涓涓细流汇成长江大河，而不应该使它自生自灭。这四端说明了每个人都大有潜力，可以得到进一步的发展。

天时不如地利，地利不如人和。

【注释】

选自《孟子·公孙丑章句下》。天时：有利的时令、气候条件。地利：有利的地理条件。人和：上下团结，得人心。

【译文】

有利的气候条件不如有利的地形，有利的地形不如众人团结一致。

【赏析】

在决定战争胜负的诸种因素中，孟子认为“天时”、“地利”、“人和”最重要，其中最为重要的是“人和”。为了论证这一观点，他首先从进攻者的角度举例，说明“三里之城，七里之郭，环而攻之而不胜”的原因是“天时不如地利”。接着他又从防守者的角度，连用四个否定式排比句：“城非不高也；池非不深也；兵革非不坚利也；米粟非不多也，委而去之”，来说明“地利不如人和”。不知不觉地从攻守两个方面论证到了人和的决定作用，这充分体现了孟子的论辩技巧。

富贵不能淫，贫贱不能移，威武不能屈，此之谓大丈夫。

【注释】

选自《孟子·滕文公章句下》。淫：荡其心也。移：变其节也。屈：挫其志也。

【译文】

富贵不能乱其心，贫贱不能变其节，威武不能挫其志，这样的人才是大丈夫。

【赏析】

这是孟子脍炙人口的千古佳句，他十分注重人格修养，认为人应立志为道义献身，而不应附于流俗；应舍生取义，而不应贪图私利；应持节守道力行不改，而不应见异思迁。他用以上观点来培养自己的浩然之气。他的“富贵不能淫，贫贱不能移，威武不能屈”正是这种“浩然之气”的具体写照，千百年来他的这种“气节”、这种人格思想已深深融入中华民族的传统美德之中。

不以规矩，不能成方圆。

【注释】

选自《孟子·离娄章句上》。规：圆规。矩：直尺。

【译文】

不用圆规和直尺，就不能画成方形和圆形。

【画花鸟】册 局部 [明] 蓝瑛 中国台北故宫博物院藏

【画花鸟】册 局部 〔明〕蓝瑛 中国台北故宫博物院藏 57－2

【赏析】

孟子继承了孔子的“仁”的思想，主张以“仁”来治理天下。他巧设辟喻，来宣扬自己的观点。公输班（鲁班）技艺高超，不用圆规和直尺，他也不能画出方形和圆形来。木匠的规矩，其实就是治国者的仁政。他以“不以规矩，不能成方圆”、“不以六律，不能正五音”来形象地说明“不以仁政，不能平治天下”的道理。构思巧妙，对仗工整，说理透彻。成语“不以规矩，不能成方圆”的出处便来源于此。

夫人必自侮，然后人侮之；家必自毁，而后人毁之；国必自伐，而后人伐之。

【注释】

选自《孟子·离娄章句上》。侮：侮辱。伐：攻打。

【译文】

人必先有自取侮辱的行为，人们才侮辱他；家必有自取毁坏的因素，别人才毁坏它；国必有自取讨伐的原因，别国才会讨伐它。

【赏析】

孟子讲了一个故事，故事中的小孩唱道：“沧浪的水清啊，可以洗我的帽缨；沧浪的水浊啊，可以洗我的双脚。”孔子听了孩子的歌后，就教育学生说："你们听好了，水清就洗帽缨，水浊就洗双脚，这都是由水本身决定的。"然后孟子紧接着说："得出这样结论，无论人、家庭、国家都是自己做了自侮、自毁、自伐的事，种了自侮、自毁、自伐的因，才结了他人的侮辱、破毁、征伐的果。俗语也说得好，"苍蝇不叮无缝的蛋。"自强由己不由人，自强者胜。我们今天所用的成语"自取其侮"就是来源于孟子的这句话。堡垒最容易从内部被攻破，内因是决定成败的关键因素，外因只有通过内因才能发挥作用。因此，人必须加强自身的修养，充实自己的力量，才能立于不败之地。

人有不为也，而后可以有为。

【注释】

选自《孟子·离娄章句下》。

【译文】

人有所不为，然后才有所为。

【赏析】

这句话孟子讲述了"不为"和"有为"的辩证统一关系，他认为人只有有所不为，才能有所作为。有所不为的原因或目的是为了有所为。做人应当有原则，处世做事应当有所追求；有原则就应当有所取舍，有追求就应当专一。逐鹿而欲兔，鹿兔皆失。

多欲必败。君子不应羡慕庸人之福，千里马不应安于驽马之逸，只有舍弃低级趣味，舍弃自身暂时的安逸享乐，才能真正有所作为。

鱼，我所欲也，熊掌亦我所欲也，二者不可得兼，舍鱼而取熊掌者也。生亦我所欲也，义亦我所欲也，二者不可得兼，舍生而取义者也。

【注释】

选自《孟子·告子章句上》。舍：放弃。

【译文】

鱼，是我想要的，熊掌，也是我想要的，两个不能同时拥有，那就放弃鱼而取熊掌。生命是我想要的，道义也是我想要的，二者不可兼得，就选择道义而舍弃生命。

【赏析】

孟子在此借鱼和熊掌的取舍来说明自己的舍生取义观。“义”是儒家学说中重要的道德范畴。孟子认为，人对于生死的选择就像鱼和熊掌的选择一样，固然求生是第一本能，但有时存在比生命更宝贵的东西，那就是“义”；当两者不可兼得时，就要舍生取义。每一个正直的人，当面对生与死的抉择时，都应该舍生取义。

天将降大任于是人也，必先苦其心志，劳其筋骨，饿其体肤，空乏其身，行拂乱其所为，所以动心忍性，曾益其所不能。

【注释】

选自《孟子·告子章句下》。拂乱：违反意愿而使之乱。忍性：使其性格坚韧不拔。曾：同“增”，增加。

【译文】

上天将要把一项重大任务安排在某人身上时，一定会先磨炼他的意志，锻炼他的筋骨，使他的身体忍受饥饿，使他穷困潦倒，做事总是不能如愿，以此磨炼他坚韧不拔的性格，增加他的才干。

【赏析】

孟子这段话旨在说明只有饱经忧患，经过不寻常的人生煅炼，才能有所成就。很多政治家在承担大任之前都历经过一段艰难困苦的人生旅程，“舜发于畎亩之中，傅说举于版筑之间，胶鬲举于鱼盐这些之中，管夷吾举于士，孙叔敖举于海，百里奚举于市”。这些说明正是坎坷的道路、险恶的环境，使他们的精神和身体受到了严峻的考验和锻炼，最终他们才能脱颖而出，有所作为。因此，他认为：上天将要把一项重大任务安排在某人身上时，一定要先磨炼他的意志，锻炼他的筋骨，使他在生活实践中经受种种考验，这样才会使他的心志坚韧，才智不断增长，为他承接“大任”创造条件。孟子这段话，千百年来已成为人们逆境中奋起、正确对待挫折的精神动力。事实上，这句话带有一定的主动能动性的意思，事实上，降人大任的并非是什么天，而是人坚定不移的信念和艰苦奋斗中增强的意志和才干。

生于忧患，而死于安乐也。

【注释】

选自《孟子·告子章句下》。

【译文】

忧虑祸患使人（或国家）能生存发展，安逸享乐使人（或国家）走向灭亡。

【赏析】

人生在世，若一味贪图安逸、纵情享乐而不知居安思危、防患于未然，是很危险的。这种忧患意识正是中国士人的处事准则。居庙堂之高则忧其民，处江湖之远则忧其君，忧国忧民正是中国士人的精神写照。从治国的角度来说，居安思危正是历代开明君主的智慧。孟子这句话，正是国家兴亡的教训总结。

不积跬步，无以至千里；不积小流，无以成江海。

【注释】

选自《荀子·劝学篇》。跬（kuǐ）：举足一次为跬，举足两次为步，故半步为“跬”。

【译文】

不一步步走，就无法到达千里之远，不汇集无数溪流，就无法成就江河之大。

【赏析】

“千里之行，始于足下。”确定了远大的目标，抱定了坚强的毅力，只有勇于向铺满荆棘的成功彼岸跋涉，才能造就明天的辉煌。成败的关键在于能否不断地积累、长期地奋斗、艰苦地努力。

锲而舍之，朽木不折；锲而不舍，金石可镂。

【注释】

选自《荀子·劝学篇》。锲：雕刻。镂：雕刻。

【译文】

如果雕刻一会儿就中断的话，连朽木都不能折断。如果不停地雕刻，那么再硬的金石也能雕出花纹。

【赏析】

这种“锲而不舍”的精神其实就是持之以恒、永不言弃的精神。如果能用这种态度来办事，则世上没有办不成的事。荀子用这句话来讲学习的道理，学习是一个长期积累的过程，必须心无旁骛、专一认真，才能学有所成。其实做任何事，都应像学习一样，必须具有锲而不舍的精神。

非我而当者，吾师也；是我而当者，吾友也；谄谀我者，吾贼也。

【注释】

选自《荀子·修身篇》。非：否定，批评。是：肯定，推崇。贼：害我的人，敌人。

【译文】

那些严厉批评我而恰当的人，是我的老师；那些热切肯定我而恰当的人，是我的朋友；那些阿谀奉承我的人，我却认为是我的敌人。

【赏析】

人生每向前迈那么一小步，都离不开别人给予的批评和帮助。虽然对过去的成绩应予以肯定，但言过其实的谄媚不仅不需要而且有害。我们应当以清醒头脑去接纳忠言逆耳。谄媚之言虽顺耳好听，但终究是糖衣炮弹，一旦沾染，将是危险的。我们需要在不断发现错误和改正错误中实现自身的发展。

自知者不怨人，知命者不怨天；怨人者穷，怨天者无志。

【注释】

选自《荀子·荣辱篇》。

【译文】

有自知之明的人不怨别人，懂得人偶然会碰上不幸的事，所以也不怨天。喜欢怨别人的人总是缺少办法的人；喜欢责怪天的人是没有志气的人。

【赏析】

面对困惑、孤苦应多份坦然，少些怨愤，就算自己努力了也争取了，结果还不尽人意的话，也没必要怨天尤人。或许是自己的方向不对，换个方向，重新调整自己的目标，提高自己的才干，加强自己的修养。老天是公平的，命运、机遇也是公平的，它们“不为尧存，不为桀亡”。人只有善于利用各种条件，消除各种不利因素，依靠自身的努力和才干把握机遇，坚持不懈地努力才能有所作为。“存在就是合理的”，任何事物都有它存在的理由，任何结局的出现都有它的原由。得到了，我们高兴；失去了，我们也不要过分悲伤。凡事我们都应当靠自己去积极争取，就算失败了也不要气馁，要有屡败屡战的精神，那样的话我们终会得到自己想要的东西。

不知其子视其友，不知其君视其左右。

【注释】

选自《荀子·性恶篇》。

【译文】

不了解他的儿子，看看他儿子结交的朋友就可以了；不了解他的君主，看看君主身边的辅佐之臣就可以了。

【赏析】

自古以来，都是“物以类聚，人以群分”。正像“竹林七贤”一样，因为有着相同的政治观点、文学审美，常交游于竹林之中而得名。由此观之，想了解一个人，得先了解他的生活圈子和他所结交的朋友，这样就不失为明智之举。阮籍与嵇康同为

“竹林七贤”，是好友，二人都不满当时的政治环境，他们两个人的品质同为后人所推崇。正是这一观点的体现。

知人者智，自知者明；胜人者有力，自胜者强；知足者富，强行者有志；不失其所者久，死而不亡者寿。

【注释】

选自《老子·第三十三章》。强：果决。强行有勤行的意思。死而不亡：身没而道犹存。

【译文】

能够认识别人的人富有智慧，能够了解自己的人才算是明智；能够战胜别人的人是有力量的人，而能够战胜自己的人才称得上是一个真正意义上的强者；知道满足的人可称得上是一个富有的人，勤于努力永不懈怠的人是有志气的人；不离开根本之点的人才能长久，身没而道犹存的人才可说是真正的长寿之人。

【赏析】

这一段话是在阐述个人的修养问题，提出了几个很高的修养标准，“自知”、“知人”、“自胜”、“胜人”、“知足”、“强行”、“不失其所”、“死而不亡”，而更推崇“自知”和“自胜”。在人类的认识活动与创造活动中，想的更多的是“知人”与“胜人”，却很少考虑“自知”与“自胜”。在某种程度上说来，“自知”和“自胜”更具有决定意义。“人贵有自知之明”，人一旦给自己定了一个准确的位置，在其人生观、价值观的取舍上便不会有太大的偏差。同时人最难战胜的往往是自己，如果能够正视自己，给自己一个准确的定位，那么就有助于自己事业上的成功。

江海所以能为百谷王者，以其善下之，故能为百谷王。

【注释】

选自《老子·第六十六章》。

【译文】

江海之所以能够汇纳一切溪流成为所有河流之王，是因为它善于处在溪谷的下游，因此能汇溪流成为河之王。

【赏析】

以自然界的江海之道来暗喻人之道。江海以“善下”而成为“百谷之王”，人君也当以“善下”的原则对待万物，对待百姓，这样才能得到百姓的拥护，才能治理好国家。只有不耻下问、虚心好学的人才能真正学到知识；只有谦虚待人的人，才能得到人们真心的拥护和支持。

子非我，安知我不知鱼之乐？

【注释】

选自《庄子·秋水》。

【译文】

你不是我，你怎么知道我不知道鱼的快乐呢？

【赏析】

这是庄子与惠子在探讨鱼之乐时庄子反驳惠子的一句话，极富哲理。那天庄子与惠子一起在濠梁之上畅游，庄子看到鱼出游从容，便认为鱼很快乐，而惠子紧接着反问："你不是鱼，怎么会知道鱼的快乐呢？"庄子卓绝千古的回答显示了他作为一个智者的深邃思想："你不是我，你怎么会知道我不知道鱼的快乐呢？"庄子用惠子的逻辑反驳惠子，使惠子无言以对，表现了自己高超的辩论技巧。

君子之交淡若水，小人之交甘若醴；君子淡以亲，小人甘以绝。

【注释】

选自《庄子·山木》。

【译文】

君子之间的交情淡薄得像水一样，小人的交情甘美得像甜酒一样；君子淡薄却亲切，小人甜蜜却易断绝。

【赏析】

交朋友贵在交心，友谊是建立在彼此间的真诚与信任之上的。那种势利之交的小人，为大多数人所不齿。他们把友谊建立在相互利用的基础之上，如若一方由于某种原因，失去了其原有的利用价值，他们便会立刻撕破脸皮而中断这种友谊。君子之交淡如水，至今流传，是对纯洁友谊的准确表达。

人生天地之间，若白驹之过隙，忽然而已。

【注释】

选自《庄子 · 知北游》。白驹：白色的骏马。隙（xì）：缝隙。

【译文】

人在宇宙天地之中生存，好像白驹过缝隙那样快，一瞬间罢了。

【赏析】

这是庄子对人生短暂的感叹，他认为人的生命如宇宙的尘埃，如沧海的一粟，极为渺小。庄子用这句话告诫人们，不要为那些尘世的名利蒙蔽，不要沉迷在投机钻营中苦苦挣扎，放下包袱，充分享受人间真正的快乐。时光宝贵，逝者不再，是万古不移的道理。我们在有限的生命里应该好好珍惜自己已得到的，尽可能多做些对他人有益、于己也快乐的事情。

好面誉人者，亦好背而毁之。

【注释】

选自《庄子 · 盗跖》。

【译文】

喜欢当面阿谀他人的人，也喜欢在背后诋毁他人。

【赏析】

人之常情，喜欢听奉承自己的话，而不喜欢听批评自己的话。闻誉则喜，闻过则愠，进而喜欢说好话的人，讨厌批评自己的人。有些人就投其所好，当面奉承，取得人们的欢心、信任。当面称赞人的人，往往是一些喜好搬弄是非、好议论人的人。当面称赞人的人是他们，背后诋毁人的也正是他们，人们不得不察。因为据经验总结，口是心非，当面一套，背后一套，是这些人的共同特点。庄子在此一言中的，揭示了这类人两面三刀的真面目，给我们敲了警钟。

恃人不如自恃，明于人之为己者，不如己之自为也。

【注释】

选自《韩非子·外储说右下》。恃：依靠。

【译文】

依靠他人，不如依靠自己，懂得别人为自己考虑，不如自己为自己做事。

【赏析】

依赖性是幼稚的表现，成熟的人应该具有独立的精神，依靠自己的能力来处理、解决面临的一切问题，那样的话，普通百姓，可以堂堂正正地做人；

高官大吏，可以刚正不阿、奉公守法。鲁国宰相公仪休喜欢吃鱼，国人都争相买鱼献给他，但公仪休从不接受。公仪休说："我吃了别人的鱼，就会徇情枉法，替人说话，这样，我的宰相地位也会被剥夺，怎如我当宰相，每天自己买鱼吃，这样才会常有鱼吃。"由此可见别人为自己考虑事情，必然有他的目的、用心；自己为自己考虑事情，既能使自己心安理得，又能增长自己的智慧，何乐而不为？

天无私覆也，地无私载也，日月无私烛也，四时无私行也，行其德而万物得遂长焉。

【注释】

选自《吕氏春秋·去私》。遂：成就。

【译文】

天的覆盖没有偏私，地的载物没有偏私，日月的照耀没有偏私，四季的轮换没有偏私，它们以无私的功德使得万物成长壮大。

【赏析】

公与私本是一对对立统一的矛盾，它们在一定条件下是可以相互转化的。要想得公，就得去私，只有去私，才能得公。《吕览·去私》篇的目的就是要使那些有志于成就宏图霸业的国君们知道：要得天下，就得去私就公。怎样才算公呢？尧有十个儿子，不传位给他们却传给舜；舜有儿子九人，不传位给他们而传给禹，这是因为尧、舜知道天下不是自己一个人的天下，而是所有人的天下，所以择取贤能的人传位给他，只有这样才能治理好天下，这算是君王中的至正至公者了。

染于苍则苍，染于黄则黄，所以入者变，其色亦变，五入而以为五色矣。故染不可不慎也。

【注释】

选自《吕氏春秋·当染》。

【译文】

被苍色涂染就会变成苍色，被黄色涂染就会变成黄色，用于涂染的颜料变化，染后的颜色也跟着变化，用五种颜色染就会变成五种颜色。因此，染这件事不能不慎重。

【赏析】

人只有通过学习，才能获得知识。一个人除了向书本学习知识，还要向自己周围的人学习知识。也就是说要广泛地听取别人的意见与想法。集思广益对我们的事业有帮助。那么，与什么人结交，听什么人的意见？他们的意见与想法渗入了他们的感情，代表了他们的利益。孔子说“三人行必有我师”，又说“择其善者而从之，其不善者而改之”。所以，我们要学习他们的长处，克服他们的短处，使自己得到逐步提高。与人结交不当可致身死，国君择臣不当可致国灭，历朝历代，身死国灭者不可胜数，所以说，人必须重视择友、重视自己所处的环境。

欲胜人者必先自胜，欲论人者必先自论，欲知人者必先自知。

【注释】

选自《吕氏春秋·先己》。论：评价。

【译文】

想要战胜对手必须先战胜自己，想要评价他人必须先正确评价自己，想要了解他人必须先了解自己。

【赏析】

谁是自己最大的敌人？答案就是自己。宋代理学家王阳明也这样认为，他曾说："破山中之贼易，破心中之贼难。"其实很多人都是语言上的巨人，行动上的矮子，说起别人来一套一套的，可若拿说别人的话来对照自己，便会自惭形秽。孔子认为"欲正人者，先正己"，知人者明，自知者强。战胜自己，就是要能克服自身的弱点、不足和偏见，这往往是人们容易忽视的，不愿正视的。自胜、自知必须要有清醒的头脑和勇气。

事之难易，不在小大，务在知时。

【注释】

选自《吕氏春秋·首时》。

【译文】

事情是难是易，不是事大事小的问题，而在于是否能正确地把握时机。

【赏析】

这句话强调了机遇的重要性。如果能够很好地利用时机，乘时而动，许多难以想象的事也都可以变为现实。因此，有道之士不必急，只需韬光养晦、勤以待时就可以了。大事小事，道理是一样的，不一定小事就容易，大事就困难。正确的态度是：

不要因事小，就忽视它随意处置；不要因事大就畏难、退缩。事无大小，都应认真对待，认真分析它的规律，只有把握住时机，才能顺利完成。

秦汉部分

太山不让土壤，故能成其大；河海不择细流，故能就其深。

【注释】

选自秦李斯《谏逐客书》。让：拒绝。择：挑选，这里是舍弃。太山：即泰山。

【译文】

泰山不拒绝微小的泥土，所以能成就它的雄伟壮观；江河大海不舍弃那些细小的水流，所以能成就它的浩瀚无垠。

【赏析】

这两句出自李斯的《谏逐客书》，在此作者以泰山和河海的博大功业来隐喻秦始皇帝的千古功业。他认为帝王要建功立业，流芳百世，就应该有开放的头脑和博大的胸襟，善于接受有利的外来事物，而不要驱逐有助于成就帝业的贤能之士。同样，一个人要有所成就，也必须从一点一滴做起。用泰山和江海比喻帝王，非常符合秦王好大喜功的心理，又有讽喻的效果，精辟动人，颇具说服力。

生之有时而用之无度，则物力必屈。

【注释】

选自汉贾谊《论积贮疏》。

【译文】

生产有时间的限制，消费没有限度，那么社会上的财富一定会缺乏。

【赏析】

作者针对汉初的社会现实，通过分析生产与消费的矛盾，来告诫统治者要爱惜民力、不可挥霍浪费的道理。秦末农民战争后，汉初连丞相也找不到四匹毛色一样的马来拉车。汉文帝采取了轻徭薄赋、休养生息的政策，出现了“文景之治”的盛世局面，贾谊仍然呼吁节俭，反对浪费，充分表现贾谊居安思危、忧国忧民的高尚情操。

明者远见于未萌，而知者避危于无形，祸固多藏于隐微，而发于人之所忽者也。

【注释】

选自汉司马相如《上书谏猎》。

【译文】

有远见的人能预见事故于未发生之前，有智慧的人能在危害没有形成的时候就避开它，灾祸本来多半藏匿在隐蔽的地方，而发生在人们疏忽大意的时候。

【赏析】

如果有敏锐的洞察力的话，就能防患于未然，同时也要以谨慎的态度对待周围的事物，防止因疏忽大意而发生的意想不到的危险。这对人们为人处世有着深刻的启示意义。司马相如以打猎可能出现的祸端，来劝诫皇帝不要轻易把自己暴露于危险之中，而应该具有远见卓识，防微杜渐。这样做的话，国家一切机器才会运行正常。

大行不顾细谨，大礼不辞小让。

【注释】

选自汉司马迁《史记·项羽本纪》。大行：指干大事。行：行为、作为。细谨：细微末节、小节。辞：拒绝。让：责备。

【译文】

做大事不拘泥于小节，行大礼不回避小的责备。

【赏析】

“愚者千虑，必有一得。”樊哙虽为一介武夫，但这句话说得却极有见地。当时刘邦在鸿门宴上身处险境，危在旦夕，设计准备逃走，但又担心没有向项羽告辞，有失礼仪。樊哙以此言相劝，说如果要干大事业，就不能瞻前顾后，顾及许多细枝末节。刘邦如果真的有礼貌地回帐告辞，恐怕会被项羽杀掉，那么就不会有后来的大汉了。因此，做事必须解决主要矛盾，主要问题解决了，枝节问题才有解决的可能。

满而不损则溢，盈而不持则倾。

【注释】

选自汉司马迁《史记·乐书》。

【译文】

水满了若是不减少一些它便会溢出来；容器满了若是不加以扶持就会倾倒。

【赏析】

这个浅显的比喻，包含了普遍的哲理，它提醒人们：干什么事情都要有所节制，都要有个限度。如果超过了限度，不加节制的话，便会招来或“溢”或“倾”的后果。事情到了一定的“度”就会向相反的方向转化。越是接近这个“度”，潜在的危险越大，越需要提高警惕，并保持清醒的头脑，任何骄傲自满都会招致灾祸，导致失败。

我一沐三捉发，一饭三吐哺，起以待士，犹恐失天下之贤人。

【注释】

选自汉司马迁《史记·鲁周公世家》。沐：洗头发。捉发：提起头发。吐哺（bǔ）：吐出口中所吃食物。

【译文】

我常常洗一次头三次提起头发，吃一顿饭三次吐出口中的食物，频频起身接待来访的人，惟恐失掉天下的人才。

【赏析】

“周公吐哺，天下归心。”正因为周公如此重视贤才，才能辅佐幼小的周成王成就大业，他辅政时，不仅巩固了文王、武王开创的基业，而且开辟了一个新的历史时代。

狡兔死，走狗亨；高鸟尽，良弓藏；敌国破，谋臣亡。

【注释】

选自汉司马迁《史记·淮阴侯列传》。亨：通“烹”。

【译文】

狡黠的兔子死了，猎狗就要被烹杀；高飞的鸟没有了，良弓就被收藏不用；敌国被攻破，谋臣就会被杀。

【赏析】

这句话和民间的俗语“过河拆桥”、“卸磨杀驴”意思相近，都用来比喻当权者对有功之臣的忘恩负义的态度和贤能之士的悲惨遭遇。《史记》当中两次用到它，一次是越国谋臣范蠡给大夫文种的信中，用它来说明越王勾践是个可以共患难、不可共富贵的人，劝大夫文种急流勇退，赶快离开他；一次是韩信被刘邦用伪游云梦之计逮捕之后所发的慨叹。无论是范蠡对勾践的分析，还是韩信对高祖刘邦诛杀功臣的谴责和不满，都十分恰当、深刻地说明了他们悲剧的一生。

以权利合者，权利尽而交疏。

【注释】

选自汉司马迁《史记·郑世家》。

【译文】

用权和利交好者，若权和利丧失交往就会疏远。

【赏析】

以利益交合，利尽而交疏；以权力交合，权无而交疏。这两种社会弊病反映了某些人交友目的不纯，为的是互相利用，根本不考虑什么人情道义。结果一些人踩着别人的肩膀升上去了，一些人则受到倾轧跌下来，到头来都没有好下场。这两句话，是对某种人际关系的真实写照，给我们以深刻的启迪。

论至德者不和于俗，成大功者不谋于众。

【注释】

选自汉司马迁《史记·赵世家》。至德：至高的德行。和：附和。

【译文】

讲究最高德行的人，不附和世俗之见。成就大业的人不一定凡事都和民众商议。

【赏析】

这是肥义支持赵武灵王改革的话。赵武灵王“胡服骑射”的改革论辩分成了两派，肥义是主改派。此句与《商君书·更法篇》相似，指出大凡成就大事业的人，都具有超越凡人的思想，太在乎大众的想法，只会贻误时机。这一正确思想有力地支持了赵武灵王的改革。

家贫则思良妻，国乱则思良相。

【注释】

选自汉司马迁《史记·魏世家》。

【译文】

家境贫寒就思慕贤慧的妻子，国家动荡就渴望有才的宰相。

【赏析】

这是中山相李克对魏文侯说的话，他认为治理小家和治理大家（国家）一样，当面临疾风暴雨之时，最需要的是能够默默掌握风雨飘摇中的小舟的舵手。在太平时期，宰相才能平平，循规蹈矩，按部就班，社会就能稳定；在动荡时期，只有那些德才兼备、智勇双全的人，才能应付时变，治理国家。李克是告诫魏文侯，要重视人才，不要到了家贫、国乱的时候才后悔。

抱薪救火，薪不尽，火不灭。

【注释】

选自汉司马迁《史记·魏世家》。薪：柴草。

【译文】

抱着柴草救火，柴草不烧完，火是不会灭的。

【赏析】

这是魏国大臣苏代坚决反对向秦国割地求和的呼声，他认为：秦为虎狼之国，何厌之有？只要魏国的土地没割完，秦便不会罢休，就像抱薪救火，薪不尽，火不灭一样。他的话终于唤醒了那些主和派，正是因为魏与六国合纵攻秦，才延缓了自身灭亡的时间。

富贵者送人以财，仁人者送人以言。

【注释】

选自汉司马迁《史记·孔子世家》。送人以财：拿钱财送给人。送人以言：给人赠言。仁人：道德高尚的人。

【译文】

富贵的人送行时赠给人的是钱财，品德高尚的人送行时赠予的是嘉言。

【赏析】

这是老子说给孔子的一句话。当时孔子去拜访老子，老子告诫孔子说：聪明的人易遭杀身之祸，因为他好评论人；博学善辩的人易危害自身，因为他好揭人的短处；为人子、人臣不要突出自己；去掉身上的骄傲之气和不切实际的想法，尽量地充实自己。孔子曾以老子为师，可见老子的话对孔子有极大的影响。

诗有之："高山仰止，景行行止。"虽不能至，然心乡往之。

【注释】

选自汉司马迁《史记·孔子世家》。"高山仰止，景行行止"出自《诗经·小雅》。仰：仰望。止：语气词。景行（xíng）：大路，比喻行为光明正大。乡：通"向"，向往。

【译文】

仰望着高山，可以向上攀登，遵循着大路，可以向前迈进。虽然不能达到最高的境界，可我的内心却始终向往着它。

【赏析】

这段话中司马迁把孔子的道德学问比喻成高山，令人敬仰；比喻成大路，导人遵循。高度赞扬了孔子，也流露出了自己景仰圣人的思想。他说，尽管我努力，也不一定能达到孔夫子的高度，但我内心却非常向往。司马迁以孔子为榜样，继《春秋》之后，修撰《史记》，成为中国历史上最伟大的史学家、文学家、思想家之一。

浴不必江海，要之去垢；马不必骐骥，要之善走；士不必贤世，要之知道。

【注释】

选自汉司马迁《史记·外戚世家》。骐骥（qí jì）：骏马。知道：懂得道理。

【译文】

洗澡不必非到江海中去，重要在于去掉污垢；马不必非是骏马，重要在于善于奔跑；臣子不必非是圣贤，重要在于懂得做人、治国的道理。

【赏析】

这几句话反映了作者十分务实的精神。此话是褚先生在评论后妃事迹时说的，他认为女子不必出身名门，只要整洁美好就能当其任。这种注重实际观点，在那个时代，无疑是有进步意义的。

国之将兴，必有祯祥，君子用而小人退；国之将亡，贤人隐，乱臣贵。

【注释】

选自汉司马迁《史记·楚元王世家》。

【译文】

国家要兴旺发达时，必有祥瑞出现，君子受到重用而小人被排斥；国家走向灭亡时，贤能的人隐居不出，乱臣贼子当道掌权。

【赏析】

这是司马迁引用《礼记·中庸》里的话对国家

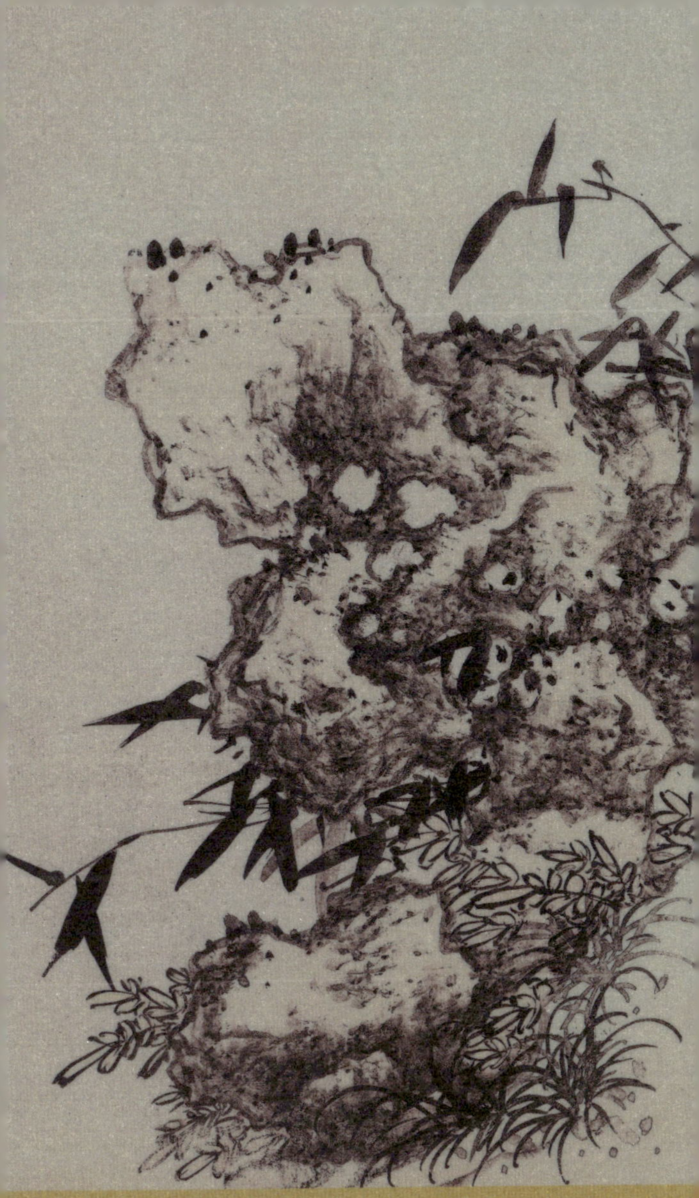

【画花鸟】册 局部 [明] 蓝瑛 中国台北故宫博物院藏 57－3

【画花鸟】册 局部 [明] 蓝瑛 中国台北故宫博物院藏 57-3

兴亡做的评价。《中庸》认为国家出现朱雀叫祯，出现凤凰叫祥，出现草木之怪叫妖，出现禽兽虫蝗之怪叫孽。妖孽是凶险的征兆。这种观点是天人感应观。司马迁从另一个角度来解释，即国家兴亡的征兆，表现为贤才得到任用或被埋没，强调了人事（而不是天意、天象）的决定作用。在谶纬之学盛行的汉代，这种观点无疑具有进步意义。

解杂乱纷纠者不控捲，救斗者不搏撠，批亢捣虚，形格势禁，则自为解耳。

【注释】

选自汉司马迁《史记·孙子吴起列传》。控捲（quán）：握拳，捲，同“拳”。搏撠（jǐ）：搏斗击刺。批亢捣虚：批，排除。亢，敌人之盛气。捣：击。虚：虚解。避实就虚之意。形格势禁：格、禁，阻遏，制止。在形势上阻止、遏制敌方。

【译文】

劝解纠纷不能挥拳相加，平息争斗不能帮着去打，避实就虚，利用有利形势来牵制敌人，危难自可解除。

【赏析】

春秋战国是一个社会大分裂时期，频繁的战争中涌现了众多的良将，也总结出了很多精辟的军事理论。“劝解纠纷不能挥拳相加，平息争斗不能帮着去打，避实就虚，利用有利形势来牵制敌人，危难自可解除。”这是孙膑在著名战例“围魏救赵”前给田忌作的时局、战事分析，真可谓生动精辟。

能行之者未必能言，能言之者未必能行。

【注释】

选自汉司马迁《史记·孙子吴起列传》。

【译文】

能实际去做的人未必能讲出道理，能高谈阔论的人未必能实际去做。

【赏析】

司马迁引用这个谚语来感叹说与做的矛盾，他说孙膑、吴起有过人的才智，却不能救自身于危难之中。孙膑擒庞涓，机智神勇，却不能事事防范，遭受庞涓的暗算，使自己身陷囹圄，被刑至残；吴起说武侯巩固国防在德不在险，可他在楚国因少恩惠、多苛刻，遭到楚国贵族仇视而送命。

千羊之皮，不如一狐之掖；千人之诺诺，不如一士之谔谔。

【注释】

选自汉司马迁《史记·商君列传》。掖（yè）：通“腋”，狐皮以腋部价值最高。诺诺：随声附和。谔（è）：直言争辩的样子。

【译文】

一千张羊皮，也不如一只狐狸腋皮珍贵；一千人随声附和，抵不上一个人的直言争辩。

【赏析】

这句话振聋发聩，形象地道出了敢于直谏的可贵。历史上人云亦云的朝臣很多，敢于直言上谏的忠勇之士却很少。纵观历史，倡导直言争辩的君主，国家往往昌盛，而喜欢听谄媚之词的国君，王朝往往消亡得很快。千人的附和，未必有一人尽心竭力；一士直言，常常挽大厦于危倾，解生民于倒悬，匡君王于歧途末路。

尺有所短，寸有所长。

【注释】

选自汉司马迁《史记·白起王翦列传》。

【译文】

一尺有时也会长度不够，一寸有时也会长度盈余。

【赏析】

此语出自《楚辞·卜居》。屈原忠心耿耿却被怀疑，求问龟卜。詹尹回答说：“夫尺有所短、寸有所长；物有所不足，智有所不明，……龟策诚不能知此事。”意思是说作为标准的尺寸，有时不能作为标准。用以占卜的龟卜虽是替人决疑的，但有时不能决疑。

司马迁在此利用这两句俗语旨在说明白起和王翦的悲剧人生。白起攻城拔寨，名震诸侯；王翦也助秦王吞并六国统一中国，但两人能打天下却不能守天下，甚至连自己的性命也难保全。为什么？因为他们各有自己的短处。正是他们的短处使其身败名裂。人的长处、短处并非完全一成不变，是相对于社会、事物对象的客观需要而言的，有那些适应具体客观事物的优点才能发挥积极作用，那些平常看起来是缺点的，在一定条件下却变成了优点。

人固未易知，知人亦未易也。

【注释】

选自汉司马迁《史记·范雎蔡泽列传》。

【译文】

一个人本来很难被他人了解，要了解人也不是一件容易的事。

【赏析】

这两句话其实是侯嬴在含蓄地批评信陵君，他慑于强秦的压力，不敢为魏齐讲话，终使魏齐自刎身亡。因为魏相魏齐误听须贾之言，笞击范雎，几乎把范雎打死。后来范雎做了秦相，魏齐逃往赵国，藏在平原君家。秦昭王欲为范雎报仇，寄书给赵王索要魏齐的人头。魏齐打算通过信陵君逃往楚国，信陵君畏秦，不敢接见，才逼死魏齐。侯嬴意在说明魏齐不了解范雎，本来是无心之过，想要了解一个人太难了。魏齐不应为此承担如此严重的后果。这句话从侧面批评信陵君的软弱，不敢为魏齐伸张正义。

欲而不知足，失其所以欲。有而不知止，失其所以有。

【注释】

选自汉司马迁《史记·范雎蔡泽列传》。

【译文】

有欲望而不知足，会失去所有的欲望；占有不知节制，会失去已经占有的东西。

【赏析】

人要知足，只有知足，才会常乐。欲望也罢，占有也罢，无度地攫取，最终只会落得两手空空。蔡泽用这些话劝谏范雎功成身退，适可而止。范雎终于想通了，认为自己最后的归宿应当是功成引退。于是他辞去相位，由蔡泽继任。蔡泽劝人知足，但他自己却陷入与吕不韦的政治斗争之中，最终落个悲惨命运的结局。

长袖善舞，多钱善贾。

【注释】

选自汉司马迁《史记·范雎蔡泽列传》。此语出自《韩非子·五蠹》，是先秦时的民谚。

【译文】

长长的衣袖有利于舞蹈，钱多的人有利于经商。

【赏析】

韩非说这句话是说做事要有充分的积累、准备，这样才能把事做好。司马迁引用此话也延用了韩非之意，旨在激励人努力勤奋，不断为事业创造条件，使量的积累不断增加促成质变，使事情的实现水到渠成。

智者不倍时而弃利，勇士不却死而灭名。

【注释】

选自汉司马迁《史记·鲁仲连邹阳列传》。倍：通背，违背。

【译文】

明智的人不会因违背时势而放弃利益，勇敢的人不会因贪生怕死而损坏名声。

【赏析】

这两句是鲁仲连写给燕将的信，当时燕攻齐，连攻下七十余城，仅余田单固守的两城久攻不下，田单乘机行反间计，大破燕军。燕将受到国君猜疑，不敢回国，只能固守死战。于是鲁仲连为救全城百姓和士卒性命，劝燕将或回国尽忠，或归齐享受荣华生活，希望他在名利之中选择其一，不要让士卒和百姓做无谓牺牲。燕将读信后自杀，百姓得救。

有白头如新，倾盖如故。

【注释】

选自汉司马迁《史记·鲁仲连邹阳列传》。倾盖如故：盖，车蓬。倾盖，途路相遇，停车叙谈，车盖相接。形容二人一见如故。

【译文】

有的人相处到头发花白，可是彼此交情还像刚认识一样；有的人路途偶遇，车盖相接那样短暂地相处，却好似多年的老朋友。

【赏析】

这句话揭示了交友过程中常见的两种现象。邹阳引此谚语指出梁孝王对自己不了解，不能与大王推心置腹。常言道："物以类聚，人以群分。"人们交往的亲密程度不能以距离的远近或时间的长短来衡量。人与人之间关系的亲密与否，主要看双方是否能够产生共鸣，即由相互关切的程度及交流的深度来决定。没有真正推心置腹，或虚言假言、带着面具相互面对，是永远不能成为朋友的。

举世混浊而我独清，众人皆醉而我独醒。

【注释】

选自汉司马迁《史记·屈原贾生列传》。

【译文】

整个世道混浊不堪，惟独我清白；众人都昏醉，惟独我清醒。

【赏析】

屈原放逐后整日徘徊江边，有位渔翁问他为什么被流放，这句便是他的回答。他对楚国国破的伤痛，对昏君、佞臣的愤恨，以及对楚国政治清醒的认识，自己为奸臣所害都包含在这句话里。以屈原为代表的联齐抗秦派，遭靳尚、令尹子兰及郑袖嫉恨、谗害，终被放逐江南。面对风雨飘摇的楚国，屈原已无力挽救，作《怀沙》自沉江中。屈原品质高洁、不随波逐流而为人谗害，令人悲愤。他这种先知先觉、对时局有着清醒认识的孤独与寂寞，其实也是历代士人共同的悲剧。

新沐者必弹冠，新浴者必振衣。

【注释】

选自汉司马迁《史记·屈原贾生列传》。

【译文】

刚洗过头的人必定要弹一弹帽子再戴，刚洗过澡的人一定会抖一抖衣服再穿。

【赏析】

此句话是屈原不与世俗同流合污的形象的再

现。当屈原独自徘徊江边时，一位渔翁对他说："圣人不拘泥于事物，应能随世道转变。世道混浊，你又何不推波助澜？众人皆醉，你又何不一同沉醉？为什么要守身如玉而弄得被放逐？"屈原以此语回答，表示自己宁愿投身长流的江水中，也不愿让自己高洁的品质蒙辱。这种宁为玉碎、不为瓦全的高洁品质，正是屈原伟大人格的表现。

诟莫大于卑贱，而悲莫甚于穷困。

【注释】

选自汉司马迁《史记·李斯列传》。诟（gòu）：耻辱。

【译文】

人最大的耻辱莫过于地位卑贱，最大的悲哀莫过于生活贫困。

【赏析】

这是秦代丞相李斯的名言，是他学成下山辞别老师荀子时说的一句话，流露出了他的人生观和处世哲学。李斯年轻时，身为小吏，看到厕所的老鼠在吃粪便时，听到人或狗走来仓皇而逃，经常担惊受怕；而粮仓的老鼠，吃着仓库中的粮粟，又没有人和犬的惊扰。于是他发出感叹，决意要改变自己的命运，提高自己的地位。他一生的追求就是实现一人之下、万人之上的梦想，一生的努力都是为了荣华富贵。他努力、发奋图强，终于助秦始皇完成统一大业，立下了不朽功勋。然而他贵为一人之下、万人之上，却不能从秦国利益出发，坚持原则，只考虑自己的地位、权力，结果被赵高牵着鼻子走，逼死了扶苏，迎立了秦二世，最后不仅自己被身裂，而且也断送了大秦王朝。

智者千虑，必有一失；愚者千虑，必有一得。

【注释】

选自汉司马迁《史记·淮阴侯列传》。这四句是当时的成语，《晏子春秋·杂篇》“圣人千虑，必有一失；愚人千虑，必有一得”。

【译文】

聪明的人虽然经过多次考虑，也会出现个别失误；愚昧的人不断地思考，也会有机会得到正确的结论。

【赏析】

这是韩信向广武君（李左车）询问伐燕攻齐的可行性时广武君的自谦之词。韩信对自己的俘虏广武君恭敬有加，这是因为他明白如果成安君（陈馀）听从广武君出奇兵劫自己粮草的计策的话，历史上就没有破赵之战的胜利，被俘的就是自己。

天与弗取，反受其咎；时至不行，反受其殃。

【注释】

选自汉司马迁《史记·淮阴侯列传》。这四句是当时流行的谚语。《国语·越语》有云：“得时无怠，时不再来。天与不取，反为之灾”。与此意同。与：赐与。咎：追究罪责。

【译文】

上天赐与的不接受，反而会受到惩罚；时机来了不行动，反而遭受灾殃。

【赏析】

这是蒯通劝韩信反叛刘邦、与项羽三分天下的话。此时的韩信在军事上取得了多次战役的胜利，名声大震，已成为刘项争夺天下的关键人物。项羽派蒯通去劝说韩信，蒯通这样说，认为这是上天对韩信的惠顾，韩信应该抓住机遇，取得功业。蒯通这句话用在当时的韩信身上未必适合，但这句话中包含的道理值得我们深思，“机不可失，时不再来”，机遇对于任何人都是十分重要的，面对机遇要果断出击，牢牢抓住，不然机会往往稍纵即逝。

骐骥之跼躅，不如驽马之安步。

【注释】

选自汉司马迁《史记·淮阴侯列传》。跼躅（jú zhú）：徘徊不前。驽马：劣马。安步：稳步向前。

【译文】

骏马如果徘徊不前，还不如劣马稳步向前。

【赏析】

这句话将驽马与骐骥做对比，来说明条件优秀的未必就能战胜条件不好的。如果能做到果断决策，努力向前，即使自身条件不好也会有所收获；如果临事而忧，左顾右盼，徘徊不前，自身条件再好也不会成功。这句话意在强调无论何人，只要努力工作，哪怕取得细小的进步，也终究是在前进，在不断接近目标，最终一定能取得胜利。

功者难成而易败，时者难得而易失也，时乎时，不再来。

【注释】

选自汉司马迁《史记·淮阴侯列传》。时：时机，机会。

【译文】

功业难成而易失败，时机难遇而易失去，时机啊时机，失去了就不会再有。

【赏析】

一失足成千古恨，再回头是百年身。因此，蒯通力劝韩信反叛刘邦，让他抓住机遇，成就功业。以韩信当时的情形，蒯通认为只要抓住时机，就会大功告成。蒯通的话未必适合韩信当时的情况，但狡兔死、走狗烹的悲叹多少说明些问题。先秦处士多强调时机的重要性，机遇、时机对人的成功往往起到关键的作用。

强弩之极，矢不能穿鲁缟；冲风之末，力不能漂鸿毛。

【注释】

选自汉司马迁《史记·韩长孺列传》。鲁缟（gǎo）：鲁国出产的一种白色生绢，十分轻薄。冲风：猛烈的风。漂：通飘，飘扬，吹动。

【译文】

强弩射出的箭，到了末程，连鲁绢也穿不过；劲风到了尽头，力量也吹不动羽毛。

【赏析】

这是韩长孺和亲政策最具说服力的话。他认为如果和匈奴主战的话，汉军深入匈奴腹地作战，劳师远征，定会人疲马乏，这就如同强弩发射的箭飞到末程，连鲁国的白绢也射不穿，猛烈的风吹到最后，连飘起鸿毛的力量都没有了。这两句话用强弩、冲风比喻大汉，用鲁缟、鸿毛比喻匈奴，生动形象地揭示了出兵讨伐匈奴对汉的不利。

桃李不言，下自成蹊。

【注释】

选自汉司马迁《史记·李将军列传》。蹊：小路。

【译文】

桃树李树不会讲话，但树底下却踩出了一条条小路。

【赏析】

司马迁引用此谚语高度赞扬了李将军（李广）英勇的一世，他受到了人们的钦慕和爱戴。这条谚语蕴含深刻的哲理，它比喻生动而形象，桃树、李树本身并不宣扬自我，但为什么能吸引人呢？因为它们的果实高挂在枝头，这不正像默默无语的李将军吗？

力行近乎仁，好问近乎智，知耻近乎勇。

【注释】

选自汉司马迁《史记 · 平津侯主父列传》。此三句话出自《礼记 · 中庸》。

【译文】

努力实践接近于仁，勤学好问接近于智，知道羞耻接近于勇。

【赏析】

儒家自古就以仁、智、勇为修身的道德标准，汉代的公孙弘更是将此视为自己修身的三大法宝。他认为力行就近乎仁，好问就近乎智，知耻就近乎勇，指出了走向仁、智、勇的起步之路。他的这种用力行、好问、知耻来诠释仁、智、勇的观点，体现了汉儒重行动、重实践、轻玄思、轻理论的思想特点。

国虽大，好战必亡；天下虽平，忘战必危。

【注释】

选自汉司马迁《史记 · 平津侯主父列传》。此语出自《司马法 · 仁本》。

【译文】

即使国家十分强大，但若喜欢发动战争，必将灭亡；虽然天下太平无事，若忘记战争，一定会使自己处于危险境地。

【赏析】

这两句话探讨了在和平年代应如何对待战争。如果是个穷兵黩武的国君，再强大的国力，也总有被拖垮的一天，必将玩火自焚。如果国君只会贪图享乐，认为战争已成为过去，而忘记守备、忽略国防，不知道战争的危险就在面前，也必然会使国家处于危险境地。

世必有非常之人，然后有非常之事，有非常之事，然后有非常之功。

【注释】

选自汉司马迁《史记·司马相如列传》。此句出自司马相如《难蜀父老》一文。

【译文】

世上一定要有不同寻常的人，才能有不同寻常的事；有不同寻常的事，才能建立不同寻常的功业。

【赏析】

这几句话出自司马相如的《难蜀父老》，司马相如不但在替汉武帝极力辩护，而且也高度称赞了他的英武事业。当时，汉武帝一反其祖、其父与匈奴的和亲政策，对匈奴及西南蛮夷再举征伐，还开挖通往西蜀的道路，劳师动众两年，不见成效，很多人对此不满。于是司马相如作《难蜀父老》，一方面宣扬汉通西南蛮夷的意义，一方面又为蜀地人民的沉重负担而代言。他认为修蜀道非同一般，是第一人、第一事，会遭到非议，引起疑惧；也因为非同一般，才会有超出平常的成效。“非常”之举，并不一定是坏事。司马相如对这种“不因循，不守常”的风格给予了充分的肯定，这句话反映了当时积极进取的社会精神风貌。

陛下用群臣如积薪耳，后来者居上。

【注释】

选自汉司马迁《史记·汲郑列传》。

【译文】

陛下任用群臣像堆积柴薪一样，后来的反而在上面。

【赏析】

这是汲黯向汉武帝发的一句牢骚话。当时汲黯官位列九卿，而公孙弘、张汤还是个小官。后来公孙弘官至丞相，并被封侯，张汤官至御史大夫；从前汲黯管辖的丞、史等助手也都升到跟汲黯同等的地位，有的竟超过他。因此汲黯不服，内心不平衡，私下不免牢骚满腹。汉武帝为改变传统的无为政治，大量提拔积极进取的中下级官吏进入决策层，以加强自己的权力，可是这些新贵虽然忠心耿耿，但道德、人品、才学并不一定为人称道，因此就引起了很多有才学的大臣比如汲黯的不满。他的这句话讥讽了汉武帝重用人才却又良莠不分。

一死一生，乃知交情。一贫一富，乃知交态。一贵一贱，交情乃见。

【注释】

选自汉司马迁《史记·汲郑列传》。

【译文】

只有经历生离死别，才能知道交情的深厚。只有经历了富贵和贫贱的沧桑变化，才能知晓交情的真实状态。只有经历了尊贵与低贱两种处境，真正的交情才能显现出来。

【赏析】

这三句话其实是当时世风日薄、世态炎凉的真实写照。翟公开始做廷尉（掌刑狱之官）时，宾客盈门，等到被罢官，家门外冷落到可以张网捕雀。等到翟公又做了廷尉，许多宾客又跃跃欲试想去拜见。翟公对此颇为愤恨，于是在门上写下了以上的话。翟公的做法固然有些不合时俗，但他的话饱含着人生的苦涩，后人应以为鉴。

冠虽敝，必加于首；履虽新，必关于足。

【注释】

选自汉司马迁《史记·儒林列传》。

【译文】

帽子虽然破旧，一定得戴在头上；鞋子即使是新的，一定要穿在脚上。

【赏析】

这是黄生为残暴反动的帝王们做的辩护。他认为桀、纣虽然无道，然而总归是君主；商汤、周武王虽然圣明，总归是臣下。君主有过错，臣下不能用正直的话匡正他们的过失以树立他的权威，反而利用他的过错诛杀他，取而代之自己称王，这不是弑君造反又是什么呢？司马迁在评价陈胜、吴广时曾说："王侯将相宁有种乎？"并将陈涉列入"世家"，赞扬了他们的反抗精神，对贵族的世袭表达了不满。而这句话是当时社会的主流观点，反映了那个时期的社会状况。

其言必信，其行必果，已诺必诚。

【注释】

选自汉司马迁《史记·游侠列传》。

【译文】

说话讲信用，做事要果断，已许下的诺言必定忠诚地履行。

【赏析】

司马迁的《史记》不仅是少数帝王、将相的舞台，同时也为游侠提供了一展才智的空间。这几句话便是司马迁对于游侠品格的精辟概括。游侠的行为在社会上获得了广泛的欢迎和爱戴。这种侠义精神、做人的品格，是值得肯定的。因此司马迁就肯定了他们的存在，并以此反衬出官场上那些所谓君子的卑下无耻和虚伪。

女无美恶，入宫见妒；士无贤不肖，入朝见嫉。

【注释】

选自汉司马迁《史记·鲁仲连邹阳列传》。则：表示被动，相当于“被”。不肖：不贤。

【译文】

女子无论美丑，入宫便会被嫉妒；士无论贤不贤，进入仕途便会被排挤。

【赏析】

西汉时，邹阳遭人诬陷被关入牢中，他写了一篇《狱中上梁王书》向梁孝王表忠心，梁孝王深受感动并放了他。“白头如新，倾盖如故”在此句话之前，先表明自己不被理解，后说明人易被嫉这一现象，全文充分显示了他抗直、不苟合的性格。

骐骥不能与罢驴为驷，而凤皇不与燕雀为群，而贤者亦不与不肖者同列。

【注释】

选自汉司马迁《史记·日者列传》。骐骥：骏马。

罢驴：劣驴。罢，同“疲”。驷：同驾一辆车的四匹马。

【译文】

骏马不能与疲驴同驾一辆车，凤凰不能和燕雀同群，而志行高洁的贤人当然也不能和品行不好的人为伍。

【赏析】

骏马、凤凰比喻品格高洁的人，这几句话其实是君子们的处世准则。屈原早在《离骚》中就说过：“鸷鸟之不群兮，自前世而固然。何方圆之能周兮，夫孰异道而相安！”意思就是：猛禽不与凡鸟同群，这在先代早已如此。方和圆怎么能够相全？不同道的人又怎能安然相处！

贵上极则反贱，贱下极则反贵。贵出如粪土，贱取如珠玉。

【注释】

选自汉司马迁《史记·货殖列传》。反：返回。

【译文】

物价涨到极限就会下跌，跌到极限就会上涨。当物价涨到一定极限时，就要把货物看作粪土一样毫不可惜地抛售出去；当物价跌到一定极限之时，就要把货物视同珠宝一样，毫不犹豫地收购进来。

【赏析】

前两句是春秋时期越国大商人、谋略家计然总结的物价涨落规律；后两句是针对这一规律所制定的经营策略。中国是世界四大文明古国之一，她的成就不仅表现在诸子百家的学问上，亦不仅表现在四大发明上，古代的经济发展在当时也是居于领先地位的。计然的这句话，其实是对价值规律、供求关系、价格规律的最早表述，充分反映了当时经济的发展状况，这些经营策略在今天仍然值得人们借鉴。

百里不贩樵，千里不贩籴。

【注释】

选自汉司马迁《史记·货殖列传》。樵：柴。籴（dí）：买粮为籴，卖粮为粜（tiào），此处作粮解。

【译文】

不到百里之外去贩运薪柴，不到千里之外去贩运粮食。

【赏析】

这两句谚语是古人经商经验的结晶。它说明了一个简单的道理：买卖货物不能舍近求远，力争降低经营成本。这实际上是对流通成本与商品总成本之间关系的一种总结。流通成本与利润成反比，这个现代经济范畴的概念在中国古代就能找到相似的观点。

坚冰作于履霜，寻木起于蘖栽。

【注释】

选自汉张衡《东京赋》。寻：古代长度单位，八尺为一寻。蘖（niè）：树木砍去后又长出的芽子。

【译文】

坚实的冰由脚下傲霜凝聚而成，八尺高的树木由短短的嫩苗生长而成。

【赏析】

事物的发展都是有特定的原因和过程的。只有原始察终，才能更好地掌握事物的发展规律，做到防微杜渐或防患于未然。张衡对当时的政治充满了担忧，他认为一切社会弊病都有其根源，只有对症下药，才能实现社会的长治久安。

畋不掩群，不取麛夭，不涸泽而渔，不焚林而猎。

【注释】

选自汉刘安《淮南子·主术训》。畋：打猎。掩：尽。麛：鹿子。夭：麋子。涸：竭，尽。

【译文】

打猎不捕杀整群的鸟兽，不捕杀幼兽，不把池塘里的水弄干捕鱼，不焚烧树林来打猎。

【赏析】

和谐社会，和谐自然，提倡环保，维护生态平衡已是越来越多的人关注的问题。大自然给人类提供了衣食住行等各种生存的必要条件，但是目光短浅的人贪得无厌，往往不珍惜大自然对人类的赐予，肆意侵夺，结果自食苦果，造成了许多灾难性的后果。早在两千多年前，汉代的淮南王刘安就崇尚文景之治时期的与民休息、轻徭薄赋的政策，反对统治者的横征暴敛，他认为这是涸泽而渔，必定会使民穷国困。他用打猎不将鸟兽杀尽的道理说明对人民高压统治的危害。

工欲善其事，必先利其器。

【注释】

选自汉王符《潜夫论·赞学》。

【译文】

工匠们要想做好自己的事，一定要先磨快他们的工具。

【赏析】

俗话说："磨刀不误砍柴工。"若想快速地做好一件事，事先必须做好准备，即"工欲善其事，必先利其器"。如果没有千里马，还想日行千里，那只能是空谈；没有精良的利刃，就不可能快刀斩乱麻；没有训练有素的军队，就不能奢望战无不胜、攻无不克；没有卓越的人才，就不可能治理好国家和建立不世功业；没有生产力的进步，就无法推动经济的全面发展。所以，当我们确立了远大的理想和目标之后，一定要把自己用知识武装起来，不然机遇来临时，只能手足无措，注定失败。

山林不能给野火，江海不能灌漏卮。

【注释】

选自汉王符《潜夫论·浮侈》。卮（zhī）：古代一种盛酒器。

【译文】

山林虽大经不住野火的燃烧，江海之水也灌不满一只有漏洞的酒杯。

【赏析】

王符在这里用野火、漏卮来比喻浮躁、奢侈，形象地说明了浮躁和奢侈的巨大危害。奢侈像野火和漏杯，无论多么广大深厚的积累都会毁于无形或消耗净尽一样，以至于毁家灭国。这决不是危言耸听，而是历史和社会经验的总结。“千里之堤，溃于蚁穴”、“星星之火，可以燎原”讲的都是这个道理。无论是政治制度、军事防线、经济发展，还是个人的理想信仰、道德原则被动摇、破坏，如果不随时警惕，得不到及时补救，局势就会像林中野火一样势不可挡，很快一切就会被毁掉。

积上不止，必致嵩山之高；积下不已，必极黄泉之深。

【注释】

选自汉王符《潜夫论·慎微》。

【译文】

不停地向上积累，一定会达到嵩山的高度；不停地向下挖掘，也一定会达到黄泉一样的深处。

【赏析】

这里用黄泉和嵩山来说明修善立德和为恶多端两种截然不同的结果。“锲而不舍，金石可镂。”一个人只要有决心，就一定能实现他的理想，成为世人敬仰的楷模。相反，如果一个人甘于沉沦，恶习不改，必然多行不义必自毙。这两句对比鲜明，称善抑恶之意更显突出。

十步之间，必有茂草，十室之邑，必有俊士。

【注释】

选自汉王符《潜夫论·实贡》。

【译文】

十步之内，一定生长着茂盛的绿草，十户人家的小邑，一定有才干超群的人。

【赏析】

“世有伯乐，而后有千里马。千里马常有，而伯乐不常有。”说的就是统治阶级往往不善发现人才的事情。王符提醒统治阶级重视寒士，知人善任，他指出治国的关键不在于有没有人才，而在于能否发现人才和用好人才。自古以来，多少英雄豪杰，起身草莽，出身寒微，却有不朽的功勋。这是统治者的局限、社会的悲哀，难怪清代的大诗人龚自珍喟叹道：“我劝天公重抖擞，不拘一格降人材。”

志道者少友，逐俗者多俦。

【注释】

选自汉王符《潜夫论·实贡》。俦（chóu）：伴侣。

【译文】

那些积极上进、追求理想的人朋友很少，而那些随波逐流、庸庸碌碌的人却有很多朋友。

【赏析】

这句话道出了一种常见的现象。人们往往对那些坚持真理、追求真理的人敬而远之或鄙而弃之。

而那些目光短浅的人往往能因共同的利益结党营私，狼狈为奸。因此，选拔人才时就不应只看其外在虚名和众人的附和，而应考察他的内在追求和外观形迹。卓越的人才毕竟是少数，特立独行的人不必为朋友少而不安。只有积极上进达到多数人无法达到的境界，才是真人才。

不随俗而雷同，不逐声而寄论。

【注释】

选自汉王符《潜夫论·交际》。

【译文】

不应附和世俗见解而与他人观点一样，也不应人云亦云地发表议论。

【赏析】

每个人都是社会人，在品评人物时常被一些世俗之见所羁绊，往往随波逐流，人云亦云。怎样才能给人以正确的评价？即对任何人任何事都不应人云亦云，随声附和，而应始终坚持具体事物具体分析，结合内外因、环境及变化过程进行具体分析，坚持自己的独立见解。

修身正行，不能来福；战栗戒慎，不能避祸。

【注释】

选自汉王充《论衡·累害篇》。

【译文】

行为端正、品行美好的人，不能招来幸运；提心吊胆、谨慎小心的人也不能避开祸害。

【赏析】

这句话反映了个人受环境的影响，无法主宰自我命运的无奈。因此，对于那些不幸的才士，我们不应考虑他们本身的立身处世有什么过失，而应考虑他们生存的社会环境。他们身处祸福无常的社会中，而又持消极的态度，生命怎能有所保障？自古正邪不两立，不是正义战胜邪恶，就是邪恶戕害正义。因此，仁人君子不仅要修身正行，还要勇于捍卫正义，同邪恶势力作坚决的斗争，这样才有可能在险恶丛生的处境中自保。

【画花鸟】册 局部［明］蓝瑛 中国台北故宫博物院藏

【画花鸟】册 局部 [明] 蓝瑛 中国台北故宫博物院藏 57-4

人有所优，固有所劣。人有所工，固有所拙。非劣也，志意不为也。非拙也，精诚不加也。

【注释】

选自汉王充《论衡·书解篇》。

【译文】

人有优点，也有不足；有擅长的地方，也有不擅长的地方。这不是天生的不足，而是他的意志不够坚定。不是他不擅长，而是他没有专注地学习。

【赏析】

这是王充论学的一段话。他认为人的后天学习要比先天禀赋重要的多，通过后天的努力，是可以弥补先天的不足的；他还认为人有缺点或不擅长之处的原因，是心志不在其上，或毅力不够坚强。只要精诚所至，人是可以通过后天的不断努力来弥补自己的缺陷的。这段话很能体现王充的朴素的唯物辩证思想。

人欲心辩，不欲口辩。心辩则言丑而不违，口辩则辞好而无成。

【注释】

选自汉王充《论衡·定贤篇》。

【译文】

人们竞争应该用心志，而不应该用言语。用心志竞争，纵然不善言辞也不脱离主题；用言语竞争，纵然说得天花乱坠也徒劳无益。

【赏析】

王充反对空谈，主张身体力行。他认为只有把意志贯彻到自己的行动中，坚持自己的主张并身体力行才能取得成绩，才是最后的强者。而夸夸其谈、只说不做，是不可能成就一番大事业的。事实证明，实用主义思想对于改变积贫积弱的国力是具有一定进步意义的。王充这种尚力行、忌空谈的思想观值得后人借鉴。

魏晋南北朝部分

设使国家无有孤，不知当几人称帝，几人称王。

【注释】

选自三国魏曹操《让县自明本志令》。设使：假使，假如。孤：封建时代侯王对自己的谦称，我。

【译文】

假如国家没有我，真不知会有多少人称帝，多少人称王啊。

【赏析】

这是曹操对自己毫不隐讳、颇为自得的评价。他是在突出自己平定天下的功绩，强调自己在平定叛乱中的重要作用。结合历史来看，曹操一生统一北方，重用人才，实行屯田，推动了北方社会经济的发展和政治的稳定。他的自我评价虽然十分自负，但也比较切合实际。

明君不官无功之臣，不赏不战之士；治平尚德行，有事赏功能。

【注释】

选自三国魏曹操《论吏士行能令》。功：这里指有功劳、有才能的人。

【译文】

贤明的君主，不任用没有功劳的臣子，不奖赏不作战的士兵；国家太平时崇尚德行，战乱时则奖赏有功劳、有才能的人。

【赏析】

有人认为官渡之战中的那些有战功和作战才能的人还不能当郡国的长官。针对这种论调，曹操明确提出上述观点，反驳了这些人的谬论。用人应选择德才兼备之人。但德行有时代性，不能用旧的标准来衡量新的人才，德行作为内在标准只有体现在外在事物上才会有更大的社会意义。曹操重视事功，有一定的道理，因为在推动社会进步、历史发展的事业中有贡献本身就是一种德行。

后生可畏，来者难诬。

【注释】

选自三国魏曹丕《与吴质书》。诬：诬蔑，妄加品评。

【译文】

年轻人值得敬畏，后来人不能妄加品评。

【赏析】

“长江后浪推前浪，一代新人换旧人”所表述的意思和曹丕的上述观点相似，都在用发展变化的眼光看待新生事物。当时，曹丕继承了曹操的权势地位，冒天下之大不韪，建立了魏政权，结束了名存实亡的东汉政权，表现出了极大的勇气。“后生可畏，来者难诬”，表现了这位开国帝王的进步的历史观。他的政治豪情是以他的历史观为基础的。他是中国历史上少有的具有真才实学的帝王，对后世文学艺术影响很大。

人善于自见，而文非一体，鲜能备善。是以各以所长，相轻所短。

【注释】

选自三国魏曹丕《典论·论文》。体：这里指作家特有的风格表现。鲜（xiǎn）：少。备善：指兼有各种文体之长。

【译文】

人们善于表达自己的思想、感受，但文章风格多种多样，很少有文章能够完美无缺。因此人们往往用自己的优点、长处，去攻击别人的不足。

【赏析】

文人相轻，自古皆然。曹丕正是看到了这一现象才提出了上述的观点。他认为文章并非只有一种风格，作品因作家不同而呈现出多种多样的特点，很少有人能兼备各种风格，长于此种体裁，有可能就短于彼种体裁；拿自己的长处去轻视别人的短处，怎能做出公允的评价呢？因此，为人处世要多看到别人的优点和长处，并学习这些优点和长处。

无贵则贱者不怨，无富则贫者不争。

【注释】

选自晋阮籍《大人先生传》。贵：显贵。怨：怨恨，仇恨。争：争夺，竞争。

【译文】

没有了显贵，那么卑贱的人就不再有仇恨；没有了豪富，那么贫穷的人就不再有争夺。

【赏析】

阮籍在《大人先生传》中对司马氏虚伪的礼法制度进行了辛辣的嘲讽，并宣扬了自己的玄学思想。

阮籍认为如果没有显贵、富豪的话，人们就没有争权夺利的心，就会满足于现状。以消灭差别的办法消除社会贫困，回避斗争。司马迁早已指出“虽户说以妙论，终不能化也”，人之有私利，有巧拙，必有差别，有矛盾。

达能兼善而不渝，穷则自得而无闷。

【注释】

选自晋嵇康《与山巨源绝交书》。兼善：指“达则兼善天下”，语出《孟子·尽心章句》。无闷：指“遁世无闷”，语出《周易·上经·乾》。

【译文】

世遇通达就以济世为己任，而且始终不渝；世遇穷困不得志就自得其乐，但也不觉闷。

【赏析】

这两句话其实是对孟子“穷则独善其身，达则兼善天下”的发展和诠释。嵇康认为无论是身处显达的地位，还是穷困不得志，都应有一种自得其乐的人生态度，这样才能随遇而安。儒家虽然提倡积极进取的人生态度，但世事不能尽如人意，儒家同时也提倡要面对人生的挫折，因此便有了“达则兼善天下，穷则独善其身”处世态度，这一理念后来成为古代士人隐于山林的理论依据。

人之相知，贵识其天性，因而济之。

【注释】

选自晋嵇康《与山巨源绝交书》。济（jì）：用，使……发挥作用。

【译文】

人与人之间能够做到相知，贵在能认识到对方的本性，然后根据他的本性特长，使他发挥自己应有的作用。

【赏析】

嵇康认为真正的朋友在于知心，只有以心相交才是真正的知己。用人用其所长，识人识其所长，才能正确地识人、用人，才能使人真正发挥他的作用。尺有所短，寸有所长。管仲辅佐桓公，终成霸业，经商却连连折本；儒生讲学，头头是道，杀猪却不知所措。同样一个人在此领域是个天才，在彼领域有可能是个白痴。

木秀于林，风必摧之；堆出于岸，流必湍之；行高于人，众必非之。

【注释】

选自三国魏李康《运命论》。堆：土堆。湍：急冲。非：诽谤。

【译文】

如果一颗树比整个树林都秀美挺拔，那么风就一定会摧折它；如果一个土堆突出岸边，那么水流也一定会把它冲掉；如果一个人的品行高于常人，那么也必定会遭到诽谤。

【赏析】

这句话揭露了当时社会的病态，同时也说明了一个普遍的社会现象。这种现象的本质在于：常人往往容不得才智超过自己的人，这就是诽谤产生的根源。这是非常不利于培养人才的。同时，也告诫人们：社会是一个整体，每个人都处于各种社会关系的制约之中，即使你才高八斗，也不能自命不凡，只有把个人的聪明才智用到为整个社会、人类奉献的时候，自己才会被认可。

鞠躬尽力，死而后已。

【注释】

选自三国蜀诸葛亮《后出师表》。鞠躬：弯着身子，表示恭敬谨慎。已：止。

【译文】

恭敬谨慎地竭尽全力做事，直到死才停止。

【赏析】

这句话本来出自诸葛亮的《后出师表》，他用来形容自己为国尽忠尽职的精神，后来又演变为世人对诸葛亮忠心耿耿、辅佐两代皇帝的精神的高度赞扬。当年，曹操挟天子以令诸侯，扫灭群雄，不料赤壁之战惨遭失败，魏、蜀、吴三国形成了鼎立之势。蜀汉建国，本来事业日渐壮大，谁知荆州遭挫、伐吴不成，从此一蹶不振。这是诸葛亮准备再次北伐时写给刘禅的信。

外无期功强近之亲，内无应门五尺之僮，茕茕孑立，形影相吊。

【注释】

选自晋李密《陈情表》。外：指自己一房之外的亲族。期（jī）：一周年；一整月。功：功服，指丧服。五尺：汉制五尺相当于现代三尺多。茕茕（qióng）：孤独无靠的样子。孑立：孤单单地呆着。

【译文】

自家之外没有较亲近的亲属，自家之内没有能够应门的三尺孩童。孤苦伶仃，只有自己的身体与影子互相安慰。

【赏析】

两晋时代，士人过着朝不保夕的生活，李密身为旧臣，不愿出仕晋朝，但晋武帝于泰始三年(267)又封他为太子洗马。无奈之下，他写了这篇情透理足、淋漓感人的《陈情表》，以祖母年老多病无人奉养，辞不赴命。这句话是辞命的理由之一。巧妙地说明了家门人丁不旺，不能赴命。文章凄恻婉转，情真意浓，晋武帝看后，只能作罢。

读书百遍而义自见。

【注释】

选自晋陈寿《三国志·魏书·王肃传》。义：义理，道理。见（xiàn）：通“现”，显现。

【译文】

读书超过一百遍，那么其中的道理就会自然而然显现出来。

【赏析】

这句话强调了多读书的重要性，其实也是对孔子“温故而知新”的诠释。书籍是人类进步的阶梯，书籍是人类共有的宝库，应该提倡多读书，读好书。只有从书中吸取有益的营养，才能明白事物的道理。那些意蕴深厚的名著，每读一遍都有新的收获、新的发现，只有反复阅读体会，才能穷尽其中的精华。

司马昭之心，路人所知也。

【注释】

选自晋陈寿《三国志 · 魏书 · 三少帝纪》。

【译文】

司马昭的阴谋和野心，就连行路之人都知道。

【赏析】

这句话是三国时期魏王曹髦说的，当时大将军司马昭蓄意夺取王位，已成为一个众人皆知的事实。后来“司马昭之心，路人皆知”逐渐演变成为一个成语，用来指那些充分暴露出来的野心和阴谋。形容坏人肆无忌惮，不顾众人的批评，反对依仗权势公然为非作歹的行径。

勿以恶小而为之，勿以善小而不为。

【注释】

选自晋陈寿《三国志 · 蜀书 · 先生传》。

【译文】

不要因为这是一件很小的坏事就去做它，也不要因为这是一件很小的好事而不去做它。

【赏析】

要不要做一件事的取舍标准是事物的好坏而不是事物的大小。因为坏事虽小，却是坏事；好事虽小，却是好事，其间有质的差别；而且积小恶就会成为大恶，积小善就会成为大善，无论是高尚的品行还是恶劣的行为都是在日常生活中养成的。

非成业难，得贤难；非得贤难，用之难；非用之难，任之难。

【注释】

选自晋陈寿《三国志·吴书·钟离牧传》。

【译文】

成就大业并不难，得到贤才难；得到贤才并不难，如何使用贤才难；使用贤才不难，如何恰如其分地任用贤才难。

【赏析】

成就大业，离不开贤才辅佐。而在诸种因素中，能够发现人才、知人善用最重要。如果能把众多贤才聚之帐下，为我所用，充分发挥他们各自的长处，让他们各司其职，则成就大业可望矣。但统治者没有一定的眼力和气度，是很难使用他们的。恰当地任用贤才，使他们充分发挥才干和作用，更是难中之难。一旦这些贤才都充分发挥了他们的才能，那就没有成就不了的事业。

一为不善，众美皆亡。

【注释】

选自晋陈寿《三国志·吴书·吴主五子传》。亡：同“无”，丧失。

【译文】

只要做一件坏事，其它优点就全部被抹杀。

【赏析】

这是一种主观的评价人的观点。因为一个人做一件好事不难，难的是一辈都做好事；不做一件坏事不难，难的是一辈子不做一件坏事。因此评价一个人不能持全盘肯定或全盘否定的态度，而应该辨证地分析，全面地评价，得出客观的结论。尽管如此，坏事终究是坏事，坏事掩盖不了好事，好事也掩盖不了坏事，即使经常做好事，做一件坏事就可能成为自己的污点去也去不掉。人们责备庸人时比较宽容，评价贤人时往往比较苛刻。

识时务者，在乎俊杰。

【注释】

选自晋陈寿《三国志·属书·诸葛亮传》。识：认识，辨识。时务：客观形势。

【译文】

能够认清客观形势的，只有那些俊杰之士。

【赏析】

生活是复杂的，社会是凶险的。很多事情往往当局者迷、旁观者清。只有那些俊杰之士才能够拨开层层迷雾看清客观形势，进而采取正确的处世态度，找到解决问题的方法。

钱之为体，有乾有坤。内则其方，外则其圆。其积如山，其流如川。动静有时，行藏有节。市井便易，不患耗折。难折象寿，不匮象道。故能长久，为世神宝。亲爱如兄，字曰孔方。

【注释】

选自晋鲁褒《钱神论》。体：形状。乾、坤：即天地。节：法度。耗折（shé）：消耗亏损。匮：缺乏。道：大自然运行的规律。

【译文】

钱的形状就像天地那样内方外圆。囤积起来像山，流通的时候像大河奔流。钱币的流通与存贮不仅有一定的时令，而且有一定的法度。在市场上买卖便于交易，不容易消耗亏损。像人长寿而不易衰损，像大自然一样运行不息，不会缺乏。因此钱币能长久存在，成为世上的神明之宝。人们像对待兄弟般亲近它，叫它孔方兄。

【赏析】

钱被戏谑地称为“孔方兄”，这段话不仅说明了此昵称的缘由，而且也精辟概括了钱的形状、特性及用途。这段话出自鲁褒的《钱神论》。鲁褒，字元道，终生不仕，因伤世之贪鄙，故隐姓埋名著书。此书多讽刺时事，千古独绝，至今读之，仍使人感到痛快淋漓。

解严毅之颜，开难发之口。钱多者处前，钱少者居后。处前者为君长，在后者为臣仆。君长者丰衍而有馀，臣仆者穷竭而不足。

【注释】

选自晋鲁褒《钱神论》。严毅：严厉刚正。

【译文】

钱币能够疏解刚正严厉的面孔，可以打开难以启齿的口。钱多的人可以身列人前，钱少的人就身列人后。身列人前的人是君是长，而身列人后的则是臣是仆。当君长的生活富足而钱币有余，当臣仆的生活穷困而钱币匮乏。

【赏析】

这段话从不同侧面淋漓尽致地揭露了金钱的作用，并指出拥有的钱币的数量是决定命运地位的主要因素。富裕的人因钱多而养尊处优，贫困的人因钱少而穷困潦倒。

人之相与，俯仰一世。或取诸怀抱，悟言一室之内；或因寄所托，放浪形骸之外。

【注释】

选自晋王羲之《兰亭集序》。或：有时，有的人。

【译文】

人与人的交往，俯仰之间已是一世，或者吐露各自心思，畅谈于室内；或者寄情于万物，放任不羁。

【赏析】

人生苦短，彼此之间的寻觅、交往更是短暂，怎样才能在短暂的日子里活得精彩呢？有的人喜欢在室内谈心；有的喜欢遨游山林。前者好静，后者好动。通过对比说明人活一世，有着各自不同的相处方式，这是由各人的不同情趣造成的。《兰亭集序》辞系清亮，文思幽远，不同于六朝骈体文。它以散体自由抒写玄远深刻的人生体验。

夫何瑰逸之令姿，独旷世以秀群；表倾城之艳色，期有德于传闻。

【注释】

选自晋陶渊明《闲情赋》。夫：彼。何：何其。瑰逸：奇妙卓出貌。令：美好。旷世：当代无比。秀群：超出众人。表：显示。倾城：形容女子的绝色容貌。

【译文】

你的姿容是多么美丽，简直是盖世无双；显露出倾城般的鲜艳光采，追求有高尚的德操而远近扬名。

【赏析】

陶渊明唯一一篇歌咏爱情的赋体作品是《闲情赋》。他以大写意的手法勾勒出佳人的绝代容华，进而凝注诗人的赞叹与向往，为后文的爱慕与追求设下了绝妙铺垫。这四句话在凄美缠绵、悲切哀婉的氛围之下热烈地刻画了心目中理想的佳人形象。它打破了传统礼教虚伪而严格的限制，大胆地讴歌了男女恋情，展现了丰富多彩的内心世界，谱写了一曲中国古代的爱情咏叹调。

悟已往之不谏，知来者之可追；实迷途其未远，觉今是而昨非。

【注释】

选自晋陶渊明《归去来兮辞》。谏：止，谏止。追：挽回，补救。迷途：指出仕。

【译文】

觉悟到过去了的已然不可挽救，但未来还可以努力追回。虽然误入歧途，幸喜还不算太远，觉悟如今的选择是正确的，而曾经的选择是错的。

【赏析】

这篇文章是诗人与官场诀别之作。他一改往日怅惘之情，怀着欣然的心情歌咏了归隐田园之后的自得之情，充分展示了诗人对个体生命价值的高度重视和人生态度的认真执着。作者从勾心斗角的官场归隐，自由地呼吸着大自然中的清新空气，体味着田园生活的快乐，抒写着诗意的自然和朴实的生活，陶渊明归隐的做法使他后世文人隐居的楷模。

怀正志道之士，或潜玉于当年；洁己清操之人，或没世之徒勤。

【注释】

选自晋陶渊明《感士不遇赋》。或：有的。潜玉：把玉石藏起来，比喻隐居。没世：终生。

【译文】

一些心怀正直、立志治世的人，不得不在年富力强的时候潜藏隐居；一些洁身自好、操行端正的人，也只好徒自劳苦，虚度一生。

【赏析】

大巧若拙、质朴自然一向是陶渊明诗文的风格，而他《感士不遇赋》却体现了“金刚怒目式”的异禀之气，诗人发出了“士不遇”的强烈感叹。现实的黑暗就犹如宏罗密网，总是使有才华的正直之士遭受压抑摧残，迫使他们放弃理想，在忧郁悲愤之中抛掷余生。诗人对此种生活深有感触，才在这两句话中融注了他无限的感伤，诗人在对仗极工的文笔中表达了愤慨复杂的心情。

在众不失其寡，处言愈见其默。

【注释】

选自南朝宋颜延之《陶征士诔》。处：居处，在。

【译文】

在众人当中有自己特立独行的操守，在他人放声高谈时越见他的沉静。

【赏析】

这两句话摘自颜延之写的《陶征士诔》。作者抓住了陶渊明的基本性格特征，一个“寡”字和一个“默”字便把陶渊明一生的沧桑和高风亮节写尽了。这与陶渊明称自己“闲静少言”是相一致的。

不入虎穴，不得虎子。

【注释】

选自南朝宋范晔《后汉书·班梁列传》。

【译文】

不进入老虎的巢穴，就抓不到小老虎。

【赏析】

班超是一位文人，也是一位外交家，他曾出使西域，加强了中原与西域等少数民族的联系。“不入虎穴，不得虎子”就是他当时说的一句话，生动地再现了他聪明机智、胆识过人的超人风范，至今还为人所传颂。当时班超出使西域至鄯善国，鄯善王最初盛情款待，礼遇有加，但随着北匈奴使者的到来而礼遇稍懈，班超敏锐地看出了形势的危急，于是趁酒酣之际，对随行人员慷慨陈辞，说出了这番豪语，闻之者皆热血沸腾，没有不遵从他命令的，于是直捣匈奴巢穴，擒了匈奴头领也说服了鄯善王，最终扭转了时局。班超的大智大勇在这寥寥数语中展露了出来，而“虎”字又突显了敌方的强悍，栩栩如生地刻画了班超的英雄形象，真可谓“惜墨如金”！

内省不疚，何恤人言？

【注释】

选自南朝宋范晔《后汉书·班梁列传》。疚：羞愧。恤（xù）：怕。

【译文】

只要我问心无愧，又何必害怕他人的坏话呢？

【赏析】

班超是一个以德报怨的人，当李邑诽谤他、徐干劝他报复的时候，班超说了此话。从这句话中可见班超不仅机智多谋，而且胸怀坦荡，严于内省，以一片赤诚之心报效国家，决不沉浸于个人的私怨之中，其远瞩高瞻、拳拳之情可敬可叹！范晔秉承着史传文学的传统，微言大义，遥体人情，设身处地地加以悬想和揣摩，以简练的笔法再现了一代英杰班超的坦荡胸襟。

以耿介拔俗之标，萧洒出尘之想，度白雪以方洁，干青云而直上。

【注释】

选自南朝齐孔稚圭《北山移文》。标：风度、格调。度：比量。方：比。干：犯，凌驾。北山：即钟山，也就是南京的紫金山。

【译文】

（他们）具有光明正直、超拔流俗的品格，潇洒馥郁、自然出尘的理想，同时品德好像白雪一样纯洁，可与青云比高。

【赏析】

孔稚圭用对比的手法观照了两种不同的文人，并以上述几句讽刺了那些伪隐居人士的虚伪嘴脸。他首先用曲笔书写了自己心目中的真隐之士，他们具有光明正直、超拔流俗的品格，潇洒馥郁、自然出尘的理想；同时品德纯洁，好像白雪一样，人格高尚，可与青云并比。他认为只有这样的人才能配得上“隐士”的称号，以敬佩之口吻概括了真隐士的品格情操。作者如此铺叙的真正用意在于以此衬出假隐士的可鄙可陋，在鲜明的对照之中针砭时弊，痛斥了部分文人假隐居真以仕途谋求利禄的虚伪行为。

迷途知反，往哲是与；不远而复，先典攸高。

【注释】

选自南朝梁丘迟《与陈伯之书》。往哲：以往的贤哲。与：赞同。先典：古代典籍。攸高：赞许。

【译文】

迷失道路而能知返，这是先贤们所赞许的；迷途不远而能归来，更为古之典籍所称道。

【赏析】

这是丘迟写给陈伯希望他归降梁朝的信。信中言词的选择极妙，不仅表达了梁朝的宽大政策，消除了对方投降后的顾虑，而且“往哲是与”、“先典攸高”等字又加强说服力度，投诚则世人颂之，否则后果自负。恳切之语后又隐藏着威胁震慑，使对方毫无招架之功，必须进行最后的抉择。言辞简练凝重，情理交汇，易打动人心。

动天地，感鬼神，莫近于诗。

【注释】

选自南朝梁钟嵘《诗品序》。

【译文】

可感天地动鬼神者，没有能与诗相比的。

【赏析】

“诗言志，歌咏言。”自古以来诗歌在人们心目中的地位就比较重要。上面的这句话是钟嵘对诗歌功能的评价，足以见诗歌在他心目中所占的份量。陆机也说“伊兹事之可乐，固圣贤之所钦”，肯定了文学创作是一种既能让人产生愉悦之情又能令人敬慕的精神活动，而且“被金石而德广，流管弦而日新”，真正优秀的作品将会流芳百世，与日更新。这些论断都注意到了文学的审美功能和社会作用，感受到了文学对人们情感和社会改造的巨大冲击力。钟嵘在《诗品序》中提出了许多重要的文学观点，对后世的文学批评有很大的影响。

文已尽而意有余，兴也；因物喻志，比也；直书其事，寓言写物，赋也。

【注释】

选自南朝梁钟嵘《诗品序》。

【译文】

文章已经写完而余意未尽，叫做兴；把情志借一种外物表达出来，叫做比；把事物直接写出来，将要说的话寄于事物的描写，叫做赋。

【赏析】

在此钟嵘概括了“赋”、“比”、“兴”三种文学的表现方法。这实际上强调诗应有“滋味”，从而把艺术特殊的感人作用与其表现特点联系起来，是对传统观念的一大突破。同时，钟嵘又指出赋、比、兴各有所长，不能割裂开来，“若专用比兴，则患在意深……若但用赋体，则患在意浮”，因此在具体创作时应兼采三者之长，酌情处理，这样才能“使味之者无极”。他的这一观点，实际上是对魏晋南北朝以来盛行的崇尚骈文词语华美的观点的批评。

情以物迁，辞以情发。

【注释】

选自南朝梁刘勰《文心雕龙·物色》。以：因。

【译文】

情志因外物而变化，文辞由感情而发出。

【赏析】

刘勰的《文心雕龙》是我国古代著名的文学理论和文学批评巨著，在中国古代文学批评史上极具地位，对后世影响极大。同时，它本身的语言也展现了高度的文学价值。这两句的意思是：情志因外物而变化，文辞由感情而发出，论述了物、情、辞三者的关系。情感产生的渊源来自外界环境的诱发，既包括自然方面，也蕴含社会内容，而语言则因情感的深浅而奔涌挥洒，于是就产生了文学作品。在此刘勰以他独到的见解、敏锐的眼光和极其准确的语言阐释了文学作品中这个重要的文学命题，给人以深刻的启迪。

玉之在山，以见珍而终破；兰之生谷，虽无人而自芳。

【注释】

选自南朝梁萧统《陶渊明集序》。

【译文】

玉在山中，由于它的珍贵被世人发现而最终遭致破坏；兰生于幽谷，虽然无人欣赏却依旧芬芳。

【赏析】

“玉”和“兰”作为美好的事物一向被比作高洁之士。作者在此即通过自然界的这两种现象说明了深刻的道理。玉虽珍贵，终究被破；兰生幽谷，却能自芳。就像陶渊明之类的隐者，超凡脱俗，质性自然，摒弃世俗的功名利禄，独善其身，虽然当时知音寥寥，但终会传名后世，受人敬仰。作者以形象的比喻，从一正一反两个角度表现了对陶渊明的无限崇敬之情，且切中时弊，见识卓著。

君子之处世，贵能有益于物耳，不徒高谈虚论，左琴右书，以费人君禄位也。

【注释】

选自南朝梁颜之推《颜氏家训·涉务》。物：自身以外的人和物。

【译文】

君子处世，贵在能有益于社会万物，不只知高谈阔论、抚琴读书，白白浪费国家俸禄。

【赏析】

君子处世，应该从事实际事务，注重务本，做有利于社会、国家的事。在此作者抨击了那些只知高谈阔论、养尊处优、徒费朝廷俸禄的士大夫，切中时弊，引人警醒。作者在文中直陈主见，毫不隐晦，且旁征博引，雄辨有力。语言质朴，平易自然，据理陈辞，令人叹服，这在当时的散文中独具特色，难能可贵。

一丛香草足碍人，数尺游丝即横路。开上林而竞入，拥河桥而争渡。

【注释】

选自南朝梁庾信《春赋》。碍：阻碍。竞：争先。

【译文】

一丛丛芳草使人无法穿行，虫类吐出的细丝挡住了道路。人们拔开草枝争先恐后地进入树林，围在小河旁边争相过河。

【赏析】

作者是一个极细心之人，对春天的“细枝末节”进行了入微地刻画：一丛丛芳草繁密茂盛，使人无法穿行，虫类吐出的细丝在空中飘浮数尺，挡住了道路。以“香”写草，仿佛使人嗅到了春天的清新气息，表现了春天的生命旺盛与生机勃勃。随后，作者由景及人，总写人们游春情景：纷纷争先恐后，热闹非凡。“竞”、“争”二字准确地表现了人们不愿失去时机，急于投入春天怀抱的迫切心情。“拥”字写出了游人众多、摩肩接踵的情景。诗人虽然仅进行了旁观的描述，并无半句评论，但我们从他“细枝末节”的刻画上，不难体会出其内心深处的喜悦之情。

一寸二寸之鱼，三竿两竿之竹。云气荫于丛蓍，金精养于秋菊。

【注释】

选自南朝梁庾信《小园赋》。蓍（shī）：草名，古时用以占卜。金精：九月上旬寅日所采的甘菊称为金精。

【译文】

池中小鱼一寸二寸，园里竹丛两竿三竿。丛生的蓍草，云气蒙覆，九月的秋菊采为金精。

【赏析】

在这两句话中，作者以轻松愉快的笔调展现了闲暇垂钓之乐与观竹之趣，表现出作者对田园隐居生活的喜爱。“一寸二寸”、“三竿两竿”数量词语的运用，富有节奏，抑扬顿挫，后两句也是客观地描写景物，蓍草丛生，秋菊繁盛。但一个“荫”字就在欢快的背后投射了一丝阴影，下文随即又言“落叶半床，狂花满路”，表面看来清幽恬淡的氛围实质并不宁静，细心体会，就会感受到作者孤独寂寞的心。

【画花鸟】册 局部 [明] 蓝瑛 中国台北故宫博物院藏

【画花鸟】册 局部 [明] 蓝瑛 中国台北故宫博物院藏 57-5

唐代部分

臣闻求木之长者，必固其根本。欲流之远者，必浚其泉源。

【注释】

选自唐魏徵《谏太宗十思疏》。浚：疏通。

【译文】

我听说希望树木长得高大而茂盛，必须使树根稳固。希望水流得长远，就必须疏通源头。

【赏析】

这两句话告诉我们，做任何事情都得打下坚实的基础，基础打得牢固，才能圆满地做好事情。一口不能吃成一个胖子，一锨不会挖出泉水。学习也是这样，从头开始，从零做起，一步一个脚印，功到自然成。

山不在高，有仙则名。水不在深，有龙则灵。

【注释】

选自唐刘禹锡《陋室铭》。

【译文】

名山不是因为高，而是有神仙；水是否有灵性不在乎深浅，而是有蛟龙。

【赏析】

鸟美在羽毛，人美在心灵。外在只是一个“臭皮囊”，心灵之美才真正赏心悦目。在生活中是做一个漂亮而无用的花瓶，还是做个充实辛勤的劳动者，是沉溺于孤芳自赏中无病呻吟，还是默默无闻地辛勤奉献，理性告诉我们应该选择后者，充实自己，辛勤劳作。默默奉献，美在心灵。只有这样，自己才会活得快乐，活得有意义。

举其一不计其十，究其旧不图其新，恐恐然惟惧其人之有闻也。

【注释】

选自唐韩愈《原毁》。举：列举。图：考虑。恐恐然：很害怕的样子。闻：声望。

【译文】

列举出别人的一个缺点却不考虑他的十个优点，追究别人过去的缺点而不考虑他现在的优点，提心吊胆就怕别人有点名声。

【赏析】

世上多的是心胸狭窄的小人，他们严于待人，宽以待己。每日只看见别人的缺点，而且死揪不放，总是害怕别人比自己强，这是一种病态的心理、不健康的行为。金无足赤，人无完人。用发展的眼光，以善意的立场来看别人的优缺点。用争先恐后、万马奔腾来鞭策自己。不怕别人成名，就怕自己懈怠；自己每日三省，十年寒窗之后，不是也能一朝成名天下闻吗？

世有伯乐，然后有千里马。千里马常有，而伯乐不常有。

【注释】

选自唐韩愈《杂说》。伯乐：名孙阳，春秋时人，善相马，后指善于发现人才的人。

【译文】

世上先有伯乐这种人，然后才有日行千里的宝马；千里马很多，伯乐却不多。

【赏析】

这句话脍炙人口，可谓妇孺皆知。天下之大，人才之多，可叹因没有识才之人，导致很多人才被大材小用，或不得其用甚至根本弃而不用。是人才，但吃不饱、穿不暖，穷困潦倒、埋没于芸芸众生之中，纵然有撼山震岳之力，也只能怨时运不济罢了。所以，要善于发现人才、爱护人才。多一些伯乐，多一些发掘，多一些人梯，那样，人才终会不被埋没，国家才能发展得更好。

诚能见可欲，则思知足以自戒。

【注释】

选自唐魏徵《谏太宗十思疏》。诚：假如。见可欲：见到自己喜欢的东西。自戒：自我告诫。

【译文】

如果能做到见到喜好的东西，就想到应当知足而警诫自己。

【赏析】

魏徵是唐太宗朝的谏臣。他屡次直颜犯谏太宗要居安思危，戒奢以俭，此句便是《谏太宗十思疏》的第一思。唐太宗早期精励图治，但贞观之治之后，面对太平盛世，内心也滋长了享乐的想法。每次大臣的劝谏，总能让他及时地认识到自己的错误。大千世界，溢美流光的事物比比皆是，如果发现某件美物自己非常喜欢，就不惜代价、不择手段地想得到并据为己有，那么，很有可能因此而玩物丧志；也有可能夺人之爱，最后落得个众叛亲离、身败名裂的下场。怎么办呢？皇帝也有享乐之心，却能做到知错即改。真正的君子应该是知足而常乐，知足而自戒，不贪婪，不强索，一切顺其自然。得之不喜，失之不惜。

惧满溢，则思江海下百川。

【注释】

选自唐魏徵《谏太宗十思疏》。惧：害怕。下百川：下于百川。

【译文】

担心自己会骄傲自满，就应当想到江海的地势比所有的河流都低下。

【赏析】

“满招损，谦受益。”说的就是谦虚使人进步、骄傲使人落后的道理。魏徵在《十思疏》中告诫唐太宗戒骄戒躁。海纳百川，位卑有容，所以成其的浩浩荡荡。对于我们普通人来说也一样，骄傲自满会使自己驻足不前，固步自封会使自己意志消沉，没有追求；骄傲自满会使自己鹤立鸡群，脱离群众。在成绩或成就面前，我们高兴之余想的更多的应该是如何长保成绩，因此要虚怀若谷，只有以谦虚的精神做事，才能达到自己的目的。

夫以铜为镜，可以正衣冠；以古为镜，可以知兴替；以人为镜，可以明得失。

【注释】

选自《贞观政要》卷二《任贤第三》。可：可以。以：用来。正：端正。古：历史。兴替：兴盛与改朝换代。明：知道。

【译文】

用铜做镜子，可以用来端正自己的衣帽；拿历史来做镜子，可以知道国家兴盛与衰落的原因；用别人做镜子，可以知道自己的正确与错误所在。

【赏析】

人贵有自知之明，但很多人往往都不自知，因为他们没有可观照之物，所以经常困惑。锃亮的青铜可作镜子正衣冠；历史也可作镜子让我们吸取经验与教训。这三句话是唐太宗吊唁魏征时说的，他慨叹魏征之死让自己失去了一面镜，并久注之。那么，生活中能直言不讳地指出你的缺点而使你面赤、心跳、汗颜、不悦的就一定是你的最真挚的朋友。他会使你惊醒，会使你冷静，会使你重新审视自己，会使你走向完美。

穷且益坚，不坠青云之志。

【注释】

选自唐王勃《滕王阁序》。穷：穷途末路。益：更加。坠：落。

【译文】

一个人在穷途末路、穷困潦倒时，应该更加坚强，原来的凌云志向不能因此而坠落。

【赏析】

人的一生不可能一路绿灯，总会有些坎坷。只有经历了风雨，才会见彩虹。当我们遭遇挫折而意志消沉时，我们不妨多读读王勃的这两句诗，会更有力量。坎坷时最能考验自己的意志。前进、倒退、奋起、沉沦往往就在一念之间，成功失败也命悬一丝。只有那些在逆境中愈挫愈勇的人，只有意志坚强、不畏险阻的人，只有壮志凌云、斗志昂扬的人，才能战胜困难，克服险阻，走出山穷水尽，重现柳暗花明。

师者，所以传道、授业、解惑也。

【注释】

选自唐韩愈《师说》。

【译文】

老师，就是传授道理、教授学业、解除疑难问题的人。

【赏析】

教师是太阳底下最光辉的职业，他们是辛勤的园丁，是勤劳的蜜蜂，为培育祖国的栋梁呕心沥血，默默奉献。早在一千多年前韩愈先生就对老师的任务作了界定：传授道理、教授学业，解除疑难。首先，教学生以做人的道理，十年树木，百年树人。可见要真正做好一个老师可不是一件容易的事，不是什么人都能做老师。那些只教课不讲做人道理的老师不是一个称职的老师，而那些欺世盗名、道德情操低下的人根本就不配做教师。

是故无贵无贱，无长无少，道之所存，师之所存也。

【注释】

选自唐韩愈《师说》。道：道理。

【译文】

因此，没有贵贱之分，没有长幼之别，只要是道理所在，也就是老师所在。

【赏析】

子曰：“三人行，必有我师焉。”可见孔子在择师时的虚怀若谷的精神。我们应以什么标准来选择教师呢？韩愈早都给我们讲了：“道之所存，师之所存也。”所以，择师的首要条件就是要有真本领，其它的则可一概简略。“圣人无常师。”专业不同，理解力有所不同，所以谁都可以做我的老师。虚心学习老师的长处，以人之长处来弥补自己的不足。不耻下问，向同龄人、向比自己年轻的甚至低一辈的人学习，这才是一个正确的择师态度。

国子先生晨入太学，招诸生立馆下，诲之，曰：“业精于勤荒于嬉，行成于思毁于随。

【注释】

选自唐韩愈《进学解》。国子先生：国子博士，在此即为韩愈。

【译文】

国子先生清晨进入太学，让学生站于学舍下，教导他们说：学业精进是由于勤勉，学业荒废是由于嬉游；德行成就是因为善于思索，道德败坏是因为责己不严。

【赏析】

“书山有路勤为径，学海无涯苦作舟。”自古以来，学习都是一件苦差事，只有十年寒窗，才能一朝成名。贪图享乐，必成不了大器；不思进取，也必然会沦为一个小人。所以，想做国家的栋梁之才，就必须勤学苦读，善于思索，才能把自己培养成一个德才兼备的人。

古之君子，其责己也重以周，其待人也轻以约。

【注释】

选自唐韩愈《原毁》。

【译文】

古时候的君子，他们对自己要求严格而全面，对别人则宽容而简要。

【赏析】

“严以律己，宽以待人。”自古以来都是君子为人处世的准则。他们认为只有这样做，大家相处得才会简单、融洽，才会对自己的人生、事业有所帮助。而今，生活中的一些人对自己十分宽容，对别人是异常严苛，总是以挑剔的目光看他人，而从不回头审视自己。这样，就很容易引起别人的反感、不满，最后关系僵化，互相攻击，不管对谁都没有什么好处。因此，我们应做古时君子，而不应做“现时君子”。

一宿体宁，再宿心恬，三宿后颓然嗒然，不知其然而然。

【注释】

选自唐白居易《庐山草堂记》。嗒（tà）然：自己遗忘了自己的样子。

【译文】

睡的第一晚觉得身体放松了，第二晚感觉心安神定了，第三晚就舒适得自己忘却自己的形骸了。不知为什么如此而竟然如此了。

【赏析】

人们因整日忙碌而人心憔悴，应该抽时间给自己休个假，以便更好地工作。白居易在庐山草堂三宿就忘了自我，这该是怎样一个令人神往的仙境呀！这种仙境可不是每个人都能享受到的，但我们可以在漫步中、郊游中、与至友闲聊中、棋牌娱乐中放松一下，可以暂忘尘世、沉醉在自己的世界中。文武之道，一张一弛，休养生息，积聚精力，其实是保持健康身心的一种策略，以便日后更好地投入工作。

堂东有瀑布，水悬三尺，泻阶隅，落石渠，昏晓如练色，夜中如环佩琴筑声。

【注释】

选自唐白居易《庐山草堂记》。筑：一种乐器。

【译文】

草堂东面有一小瀑布，三尺左右落差，水冲到阶台和角落里，落在石槽中。黄昏和拂晓时，瀑布就像一匹洁白的绸子；晚上幽静的时候，水流的声音就像环佩碰撞琴筑奏响。

【赏析】

“飞流直下三千尺”的飞瀑，颇具大家闺秀的风范；三尺小瀑，似小家碧玉，也有其动人之处。黄昏、拂晓像一匹流动的白绸，柔软、生动、美润；静夜时又如环佩轻撞，琴筑奏乐，既不失活力，又使静夜更寂。

春之日，吾爱其草熏熏，木欣欣，可以导和纳粹，畅人血气。

【注释】

选自唐白居易《冷泉亭记》。薰（xūn）：花草芳香。

【译文】

春天的时候，我爱它花草芳香，草木茂盛，可以吸入新鲜的空气，使人心情舒畅。

【赏析】

春回大地，万物复苏。杭州冷泉亭畔，草熏熏，木欣欣，蜂飞蝶舞，煞是醉人。置身其中，心畅气和，情趣无限。春天是宽怀无私的，不独冷泉亭春意盎然，走出去吧，到处可见草木茂盛，百花逸香，到郊野去踏青、赏花、捕蝶、玩耍，忘掉忙碌，洗刷征尘，荡涤灵魂，获得无尽享受。

夏之夜，吾爱其泉渟渟，风泠泠，可以蠲烦析酲，起人心情。

【注释】

选自唐白居易《冷泉亭记》。泠泠：清凉的样子。蠲（juān）烦析酲（chéng）：消除烦恼和醒酒。

【译文】

盛夏的夜晚，我爱它的山泉轻而慢地流淌，山风清清凉凉，能解除一天的烦恼和困倦，让人心清气爽。

【赏析】

夏夜难熬，酷暑难耐，心灵往往焦躁疲倦做什么事也进入不了状态，因之更加烦闷。杭州灵隐山的冷泉亭中，泉水像知悉人性一样是轻缓的、若有若无的，带着一股凉气；山风是清清凉凉的，徐徐送来，轻拂着每一寸肌肤，让人顿觉神清气爽，畅快无比，仿佛进入了仙境。

朵如蒲萄，核如枇杷，壳如红缯，膜如紫绡，瓤肉莹白如冰雪，浆液甘酸如醴酪，大略如彼，其实过之。

【注释】

选自唐白居易《荔枝图序》。朵：颗粒。缯：绸。

【译文】

颗粒像葡萄一样，核像枇杷一般，外壳像一层红绸，内膜像紫色丝绸，果肉洁白如冰雪，汁液甜中微酸像甜酒和奶酪，大致上像那些东西，事实上又胜于它们。

【赏析】

荔枝乃宫中贡品，北方的普通百姓大多没机会品尝，怎样才能让他们看到所写的字就能像尝过一般呢？这可不是一件容易的事。但白居易能用北方人所喜闻乐见的东西形象地来比喻，如葡萄、红绸、紫丝、冰雪、甜酒、奶酪等，使人一看就明白，仿佛真看见了一样，仿佛正在品尝着它的美味。这真是大手笔呀！

若离本枝，一日而色变，二日而香变，三日而味变，四五日外，色香味尽去矣。

【注释】

选自唐白居易《荔枝图序》。

【译文】

荔枝离开树枝，一天后变颜色，二日后褪果香，三日后啖无味，四五日后，色香味全丧失了。

【赏析】

我们幼时在读“一骑红尘妃子笑，无人知是荔枝来”这句诗时一定很纳闷吧！为什么为吃个荔枝，要骑死几匹马，累倒几个人呢？原来其中原因在此：荔枝不耐贮藏，三两天就变味了，代又没有空运的条件，所以为了一博贵妃的欢心，累死几个人、死掉几匹马又算什么呢？

殚其地之出，竭其庐之入，号呼而转徙，饥渴而顿踣，触风雨，犯寒暑，呼嘘毒疠。往往死而相藉也。

【注释】

选自唐柳宗元《捕蛇者说》。顿踣（bó）：劳累得倒下去。相藉（jiè）：横一个竖一个地相互压着。

【译文】

完全缴出他们的土地房产，用尽他们家庭的全部收入，哭号着辗转流亡。饥渴交加劳累得倒了下去，冒寒顶暑，呼吸毒气，道路上到处是横一个竖一个迭压着的死人。

【赏析】

子曰："苛政猛于虎。"可见在封建社会，繁重的苛政压在百姓头上无异于一头猛虎。他们日出而作，日落而息，仍衣不蔽体、食不裹腹，只好流落街头，卖儿鬻女。当他们的一切都被掠夺尽时，只有一个个地倒下去，那一个个迭压着的饿殍，正是对统治阶级的无声控诉。

吾恒恶世之人，不知推己之本，而乘物以逞。

【注释】

选自唐柳宗元《三戒》。恶（wù）：厌恶。

【译文】

我常常厌恶那些人，（他们）不从自己实际情况出发来考虑，而是倚仗外力来逞强使性。

【赏析】

有很多人恃宠而骄、得意忘形，结果忘记了自己原有的身份，他们虚有其表，极尽奢华张扬，靠祖辈的福荫过日子，其实是个草包；他们狐假虎威，为所欲为，横行乡里，为虎作伥。不过是借着他人的势力欺压处于弱势的人，而自己并没有多少实力。柳宗元在《三戒》中用了小鹿的恃宠无知、客死道旁而不悟，以及永州之鼠和黔之驴的故事，向世人敲响了警钟。

噫！形之龙也类有德，声之宏也类有能。

【注释】

选自唐柳宗元《黔之驴》。类：好像。

【译文】

唉！形体庞大巨魁的好像都有很高深的功力造诣，声音宏亮震耳的好像都有大的本事能力。

【赏析】

我们不要被事物强大的外表所吓倒，它们就像黔之驴一样是个外强中干的家伙。当初老虎也曾敬畏它如敬神，怕的要死，后来发现它只是吃草，它的高声鸣叫也只是恐慌，它的最后一招也只是尥蹶子，别无他能。于是放心大胆地咬死它，饱餐了一顿。人也一样，光靠华美外表的人也只是个银样蜡枪头，只靠美丽的歌喉的人，也只会是个绣花枕头。

今夫不善内而恃外者，未有不为罴之食也。

【注释】

选自唐柳宗元《罴说》。罴（pí）：棕熊，毛色黄白，能直立行动。

【译文】

现在那些不善于壮大自己的力量而依靠外力的人，没有不变为人熊的食物的。

【赏析】

有一个能吹百兽之音的猎人，他本想杀鹿就学鹿叫，没想到貙听见鹿鸣声赶了过来。猎人害怕了就学虎叫赶走了貙，可又引来了真虎，猎人非常惊恐，又学人熊叫，吓跑了虎，人熊似乎听到了同类的召唤，赶来发现是猎人，就把猎人吃了。这个故事告诉我们：任何的外力都是靠不住的，我们只有发展壮大自身，依靠自己的力量才能保护和拯救我们自己。

凡植木之性：其本欲舒，其培欲平，其土欲故，其筑欲密。

【注释】

选自唐柳宗元《种树郭橐驼传》。筑：捣土。

【译文】

所有种树的特性：树根要非常舒展，培土要很均匀，移栽树木时保留树根周围的老土，捣土要结实。

【赏析】

老百姓都说“十年树木，百年树人”。可见

种树与育人的道理有其相通之处。“望子成龙”是天下父母的美好愿望，为什么有的父母殚精竭虑却没有收到好的效果呢？那是因为父母们忽略了一个重要的问题：那就是教育孩子其实也和种树一样，必须顺应他们的天性，夯实基础，孩子才有望成龙成凤。

其高下之势，岈然洼然，若垤若穴，尺寸千里，攒蹙累积，莫得遁隐。

【注释】

选自唐柳宗元《始得西山宴游记》。垤（dié）：小土堆。攒蹙（cù）：聚集，收缩。

【译文】

山下地形的走势，高低不平，深谷浅沟，有的幽深，有的低凹，有的像蚂蚁洞口前的小土堆，有的像洞穴，千里之外的景物，仿佛就在咫尺之间，各种景物都聚缩收拢，层层堆积，没有什么能够逃出我的视线而隐藏起来。

【赏析】

只有站得高，才能看得远，看得清。站在高山之巅，俯视远望，所见的景物尽收眼底。此时的心境豁然开朗，平日的不快、消极也随风而逝了。一切都显得那么渺小，只有心灵接进广宇，顿生起了凌云之志。

萦青缭白，外与天际，四望如一，然后知是山之特出，不与培塿为类。

【注释】

选自唐·柳宗元《始得西山宴游记》。培塿（lóu）：小土堆。

【译文】

青山白水相互缠绕，向外一直与天空相接，四下望去，浑然一体。这时我才知道这座山的独特卓立，不能跟一般小山丘相类比。

【赏析】

身处青山，水天相接，思绪飞入云霄，此时也分不清何者是山，何者是人，何者是天了。柳宗元终于在西山绝顶找到了自己的人格，他感慨自己桀傲不驯的品德，就像西山一样独立于世，而绝不能与那些小山丘相提并论。“木秀于林，风必摧之。”因此也不要为自己无辜遭贬郁闷了，现在自己最好的态度就是泰然处之。

枕席而卧，则清泠之状与目谋，瀯瀯之声与耳谋，悠然而虚者与神谋，渊然而静者与心谋。

【注释】

选自唐柳宗元《钴鉧潭西小丘记》。瀯瀯(yíng)：形容水回流的声韵。

【译文】

在小丘上铺席设枕而卧，水色清凉悦目，水回流的声韵十分悦耳，空明遥远合神，静默寂寥爽心。

【赏析】

能在赏心悦目的自然环境中枕席而卧，听瀯瀯之水声，也不失人生一大快事。博大的自然的馈赠会令人陶醉其中，清凉的水色、悦耳的水声、悠远空明的天际、静默寂寥的环境，绝无杂尘，也无噪音。清心寡欲，流连忘返。这是何等的仙境呀！着实令我们这些久闻噪音、忙忙碌碌的现代人向往呀！

其石之突怒偃蹇，负土而出，争为奇状者。殆不可数；其嵚然相累而下者，若牛马之饮于溪；其冲然角烈而上者，若熊罴之登于山。

【注释】

选自唐柳宗元《钴鉧潭西小丘记》。偃蹇：石头起伏屈曲。

【译文】

那里的石头起伏屈曲，突起似怒，背土而出，千奇百状，不可胜数；怪石耸立、重重叠叠而下，像牛马在小溪里饮水；那些斜列着向上前进的石头，又像是熊罴向山上爬。

【赏析】

作者用牛、马、熊罴来写石头，这就把没有生命的死石头写活了，使这些千奇百状的石头有了生命力。这种又状貌又传神的写法，把景色写得像一幅浮雕，引人入胜，使人一目了然，颇有身临其境的感觉，在此作者赋予了这些自然景物以动态的形象，把静态的石头写得惟妙惟肖。

潭中鱼可百许头，皆若空游无所依。日光下澈，影布石上，佁然不动；俶尔远逝，往来翕忽，似与游者相乐。

【注释】

选自唐柳宗元的《小石潭记》。俶（chù）尔：忽然，忽然。

【译文】

潭中有百余条鱼，都好像是在空游而无所依赖一般。日光照到潭底，鱼的影子映在石头上，呆呆地一动不动；忽然远远地游开了，来去非常轻快，好像与游人逗乐似的。

【赏析】

柳宗元在这一段中描写了小石潭水的至清，四十余字里边并无一字提到水，但通过那些戏闹的鱼、潭底的石头等，读者分明可以看到一泓明净清澈的潭水。静态的游鱼影子布满潭底石头，一动不动。突然不见了，一会又回来了。来来去去，仿佛在空中而不是水中，这就写出了水的至清。

宋元部分

夫夷以近，则游者众；险以远，则至者少，而世之奇伟、瑰怪、非常之观，常在于险远，而人之所罕至焉，故非有志者不能至也。

【注释】

选自宋王安石《游褒禅山记》。夷以近：平坦而离得很近。非常之观：少见而不平凡的景象。

【译文】

那些平坦离得很近的地方，去游览的人就很多；险恶而遥远的地方，能到的人就很少。然而世界上奇丽、伟大、瑰丽、怪异、不平凡的景观，经常在危险而遥远的地方，所以不是有志向的人是到不了的。

【赏析】

宋文长于说理，王安石是一位政治家，作文也擅长议论，王安石在这段文字中借游洞之亲身经历的描写，说明了人的志向对事情成败的重大意义，进而就把游乐这个本身无深意的事情上升了一个高度。

先天下之忧而忧，后天下之乐而乐！

【注释】

选自宋范仲淹《岳阳楼记》。

【译文】

先于天下的人预见到国家的忧患，及早考虑对策；天下的人都已安居乐业，最后才与天下人同享安乐。

【赏析】

范仲淹的这句名言千古流传，深受具有责任感的人们所喜爱。他认为先于天下的人及早地预见忧患，积极考虑对策，天下人安居乐业了，自己仍要居安思危，进而策划万全之策，最后才共享欢乐。范仲淹的这种不管身处何地、身居何职都忧国忧民的精神，千百年来广为人们颂扬。

醉翁之意不在酒，在乎山水之间也。

【注释】

选自宋欧阳修《醉翁亭记》。

【译文】

醉翁（欧阳修自谓）的醉意不是因为贪酒，而是山清水美使人醉呀。

【赏析】

很多时候，人们都有酒不醉人人自醉的感觉。欧阳修降职滁州后，寄情于山水，经常与当地人把酒话滁州，这篇《醉翁亭记》记叙的就是这件事情。自己非醉于酒，而是醉于这山这水这环境的美、清、静幽。如今，人们常用这句名言来说那些话外有话、弦外有音之事，或含沙射影，或者环顾左右而言其他的一些情形。

其所以为圣贤者，修之于身，施之于事，见之于言，是三者所以能不朽而存也。

【注释】

选自宋欧阳修《送徐无党南归序》。

【译文】

那些之所以能成为圣明贤哲的人，用修身来立德，用干实事来立功名，以写文章来立一家之言，这三者才是他们能千古流芳的原因。

【赏析】

修身、齐家、治国、平天下，是古代士人的修养标准和政治理想。他们认为只有这样，人才能做到不朽，永存功名于天地之间。而今的我们，也应该具备厚德载物的德行，培养和鼓励一代又一代的新人。

噫嘻！秦之阿房，楚之章华，魏之铜雀，陈之临春、结绮，突兀凌云者何限，运去代迁，荡为焦土，化为浮埃，是亦一蜃也。

【注释】

选自宋林景熙《蜃说》。蜃：空气疏密不同光线折射而起的一种自然现象。

【译文】

唉呀！秦有规模宏大的阿房宫，楚有豪华的章华宫台，曹魏有铜雀台，南朝陈后主有临春、结绮两座楼阁。那些高耸云端的楼台不知多少，时运去了，朝代换了，便化作浮尘烟消云散，这都是浮光一现呀。

【赏析】

“雕栏玉砌应犹在，只是朱颜改。”这便是南唐李后主国破之后对故国之思的句子。其实历朝历代的君主，大多大兴土木，建造楼台。当时过境迁，在改朝换代的战争中它们都已灰飞烟灭，物是人非了。这跟自然界中的海市蜃楼又有什么区别呢？

所谓誓不与贼俱生，所谓鞠躬尽力，死而后已，亦义也。

【注释】

选自宋文天祥《指南录后序》。

【译文】

这就是与敌的仇恨不共戴天，全心全意、兢兢业业，直到生命的终结，也是义呀。

【赏析】

“人生自古谁无死，留取丹心照汗青。”这是文天祥留于史册的千古名言，也是对他自己人生的真实写照。他精忠报国，历尽磨难而矢志不改。与敌人不共戴天，宁为玉碎，不为瓦全。鞠躬尽瘁，死而后已。这句话本是诸葛孔明在《出师表》中的话，文天祥借以明志，表明自己视死如归的决心。

夫祸患常积于忽微，而智勇多困于所溺。

【注释】

选自宋欧阳修《新五代史·伶官传序》。

【译文】

祸患常常是由平时的细小事情积累而成的，大智大勇的人常常被自己所溺爱的东西所困。

【赏析】

千万不要放过平时细微的过失和差错，正是这些细小的问题导致了后来的弥天大祸，这方面的例子不胜枚举。顺手牵羊偷一根针的人若不教育最后可能会成江洋大盗。那些大智大勇的人，平时气吞山河，能征善战，亦文亦武，拥有财富、权力及人们的崇仰之情，但他们中的大多数人大风大浪都经历了，却在阴沟里翻船，所以别小看那些微不足道的小毛病，切记：千里之堤，毁于蚁穴。

于时九月，天高露清，山空月明，仰视星斗皆光大，如适在人上。

【注释】

选自宋晁补之《新城游北山记》。

【译文】

正是深秋九月，天清气爽，山间的天空月色明丽，抬头看天，星星大而明，仿佛正好在头上一样。

【赏析】

“月亮走，我也走……”的感觉如今在都市中是找不到了，只有在那深秋时节的山间夜晚，才能看到大如斗的星，人走它也走，清露渐起，沾湿衣襟，清凉爽心，月光如注洒满树隙、岩石、山泉，松如盖，黑鸟啄木，山顶有草屋数间、山风徐徐吹来，不知是在人间还是在天上。如此美好的秋夜，现在是很难再看到了。

噫，少而不勤，无如之何矣。长而善忘，庶几以此补之。

【注释】

选自宋秦观《精骑集序》。

【译文】

少年时不勤奋，是没有什么办法弥补了。年龄大了又善于遗忘，只有寄希望于勤奋来弥补了。

【赏析】

秦观虽然是一代词人，却也有“少壮不努力，老大徒伤悲”之感。因为他少年天才，相当自负，故自以为不用下多大功夫；而年纪大了以后记忆力却不行了，最后只有用加倍的勤奋来弥补，事倍而功半很是没有效率。年轻朋友们应珍惜时光、珍惜天份，勤而好学，老年时就不会只有伤悲了。

【画花鸟】册 局部 [明] 蓝瑛 中国台北故宫博物院藏 57－6

【画花鸟】册 局部 [明] 蓝瑛 中国台北故宫博物院藏

士生于世，使其中不自得，将何往而非病；使其中坦然，不以物伤性，将何适而非快？

【注释】

选自宋苏辙《黄州快哉亭记》。

【译文】

人活在世上，假使心中不愉快，那么无论到什么地方都不会快乐；假若心中很坦然，不使身外之物——名利来伤害本性，那么无论到什么地方，都不会不快乐。

【赏析】

“快乐”与“幸福”一样是个永恒的话题。什么是快乐？人们千百年来也没能给出一个标准答案。有人认为吃饱穿暖，有车出行，有美女陪伴才是快乐。可为什么还有那么多公子王孙一愁莫展？那些日出劳作、日落而息的普通百姓，他们饥一顿饱一顿，勉强生存，他们痛苦吗？只见田间地头高歌猛进、瓜田李下欢声如潮。快乐不能用金钱和名利来衡量；快乐在每个人的心中，快乐需要一个好的环境、氛围和一个好的心情。

惟江上之清风，与山间之明月，耳得之而为声，目遇之而成色；取之无禁，用

之不竭，是造物者之无尽藏也，而吾与子之所共食。

【注释】

选自宋苏轼《前赤壁赋》。

【译文】

只有这江上的清风和山间的明月，耳朵听见的就是声，眼睛看到的就是色彩；取不绝，用不完，自然界无尽的宝藏就是我和你共同去享受的。

【赏析】

苏轼为什么能在文学领域和政坛上都取得令人瞩目的成就？这一方面和他的才华分不开，另一方面也与他洒脱豪放的性格不无关系。名与利，升与迁，一切外物在他眼中都是烟云。只有这清风、皓月、悦耳的声音、美丽的色彩，才是取之不尽、用之不绝的真正宝藏，它无须任何代价来交换，只要你肯用心，就一定能享受到。

正患己不能知，安可诬一世之人。

【注释】

选自《资治通鉴·唐纪》。

【译文】

只怕自己不能识豪杰高士，怎么可以诬蔑一朝都无贤人呢！

【赏析】

姜尚的丰功伟业离不开文王的一心求贤；诸葛亮的名垂环宇，离不开徐庶的走马之荐；韩信封王拜侯，离不开萧何的极力推荐。所以孔老夫子说得好，“十室之邑，必有忠信”。天下不缺人才，而只缺识才之人。当然，人不可能十全十美，对人才也不能一概苛求中规中矩。日行千里为千里马，难道那些日行九百九十里的就不是好马吗？所以选才就如同选器物一样，要量才为用，取其所长。只要他一心为国，就要为其创造条件，做好伯乐、好人梯、好铺路石，使其发挥效用。

朕以弓矢定四方，识之犹未能尽，况天下之务，其能遍知乎！

【注释】

选自《资治通鉴·唐纪》。务：事务。

【译文】

我是在马上用弓箭平定的天下，而对弓箭却并不完全了解，更何况管理国家的各项事务，怎么能都通晓呢？

【赏析】

这几句表明了唐太宗虚怀若谷的求知精神。他是在马上打下了江山，对弓箭有着别样的感情，他珍藏了十多付良弓，自以为天下无双。但弓匠告诉他这些弓木纹不正，不是上乘。唐太宗非常感慨，由此举一反三，弓尚且如此，何况治理国家大事呢，自己是不是也是一知半解？更应虚心求教！对于我们来说也是同样，知识是无穷尽的，学业有专攻方向，谦虚才能使人进步。认真听取别人意见，才能使自己更加成熟。尊重专家，尊重知识，少一些刚愎自用，才会事业有成。

孤则易折，众则难摧。

【注释】

选自《资治通鉴·宋纪》。

【译文】

一支箭容易折断，箭多了就很难折断了。

【赏析】

关于团结力量大的道理还有一则故事。吐谷浑王国首领阿豺在临死前担心他的子侄闹分家而不能保全自己开创的基业，于是想了一个聪明的办法，他把他们叫到床前，每人拿出一支箭，先取一枝，轻易地就折断了，再拿出其余的十九枝，用再大的劲也不能折断。众人拾柴火焰高，团结就是力量，众志成城，才能取得胜利。这个道理我们每个人都知道，但有时我们在做事的时候忘了它，以至兄弟相争、父子反目、姊妹成仇，不都是因为一己之私利吗？鹬蚌相争，渔翁得利。所以不要做出亲者痛、仇者快的事情。

“知人则哲，惟帝其难之。”古今一也。

【注释】

选自宋王安石《临川先生文集·知人》。哲：圣明。

【译文】

“能够识别人的好坏，那就是最圣明的人，就是像尧舜那样的人也是很难做到的。”自古至今都是一样的。

【赏析】

人心隔肚皮，谁也不知道对方的心思，只有相处久了，才能见其真心。因为人善伪装，当他戴上面具以后，你是看不透的。如贪婪的人表面上往往非常廉明，荒淫的人表面上往往非常纯正，谄谀的人表面上往往非常正直。这些表象如不被识破，伪装不被剥去，就很容易蒙蔽人，给我们的事业带来损害。我们应该多一些静观，少一些轻信，多一些理智，少一些盲从，这样才有可能拨开迷雾见到庐山的真面目。

草木无情，有时飘零，人为动物，惟物之灵。

【注释】

选自宋欧阳修《秋声赋》。时：季节。

【译文】

小草和树木是没有感情的，到了一定的季节就会飘落凋谢，人是动物，是万物之中最精明、最有灵性的。

【赏析】

每当万物凋零时，萧瑟的秋风吹来，人们便会变得伤感。自然之情与人之处境一起折磨人，这时就需要我们清醒。落花无情，流水无意，自然万物自有其枯荣生死之道。而人是动物中最精明、最有灵性的，他有思想、情感和欢乐悲愁，他应该是命运的主宰者，是自然的主人，主宰自己，主宰历史。要做到“不以物喜，不以己悲”的超然之态，必须能够在孤寂时勇敢面对，重新振作起来。

大凡君子与君子以同道为朋，小人与小人以同利为朋。

【注释】

选自宋欧阳修《朋党论》。道：道义。

【译文】

君子与君子交往的基础是有共同的道义；小人与小人的交往则是因为有相同的利益。

【赏析】

人生得一知己足矣，不仅慨叹了人需要知己，也慨叹了知己的难得。因此，在交友的过程中我们应小心慎重。君子交友，是因为有共同的追求、共同的道义和理想，所以是积极向上的，是永恒的，是相得益彰的。而小人交友是因为利益，暂时的妥协，所以是不能久远的，是暂时的。当大难来临时，他们便会彼此攻击、倾轧或各自散去。交这些狐朋狗友是有害无益的。多一些君子之友，于国于家于公于私都有益而无害。有了小人之友，则会乌烟瘴气，祸国殃民。

翁曰："无他，但手熟尔。"

【注释】

选自宋欧阳修《归田录》。

【译文】

老翁说："也没有什么大不了的，只不过是熟练罢了。"

【赏析】

山外有山，人外有人，切莫学这个夸耀的射箭手，自以为"十中八九"就很了不起了，便时常夸耀。而卖油翁取出一油葫芦，放一铜钱于上，舀了油慢慢往钱孔中到，油入而钱不湿。惊得那炫耀的射箭手瞠目结舌，连称高人。因此，我们应做一个谦虚的人，练精技艺，百尺杆头，更进一步。

明代部分

天大寒，砚冰坚，手指不可屈伸，弗之怠。录毕，走送之，不敢稍逾约。

【注释】

选自明宋濂《送东阳马生序》。怠：放松。

【译文】

天气非常寒冷，砚池里的水冻成坚硬的冰，手指头不能蜷曲伸展，也不敢停止抄写。抄完，跑着送还，一点也不敢超过还书期限。

【赏析】

明初的宋濂虽然身居高官，成为文坛泰斗，但是曾有十年寒窗的苦读，这几句就记叙了他苦读时的真实境况。他年轻时家境贫寒，无钱买书，只能借人家的书来看、来摘抄。天寒地冻，砚池结冰，一点都不敢停，抄完赶紧跑着归还，所以人家也愿意借书给他看。正因为如此刻苦地学习，他才成一代大学者。

余立侍左右，援疑质理，俯身倾耳以请。或遇其叱咄，色愈恭，礼愈至，不敢出一言以复。俟其欢悦，则又请焉。

【注释】

选自明宋濂《送东阳马生序》。

【译文】

我站在老师身旁，在向老师请教问题时，躬身侧耳，十分恭敬，有时碰到他大声斥责，脸色则更恭敬，礼数则更周到，一句话也不敢顶撞，等他心情好了，再去提问请教。

【赏析】

古代大学者求学的态度非常虔诚：有疑问向老师请教时毕恭毕敬，如遇老师不高兴时，只好等老师高兴了再次谦卑地去请教。而现在反过来了，老师在课堂反复问大家还有什么问题没有？同学们总是一言不发地收拾书包回家。老师训斥时，要么口服心不服，要么出言顶撞，还有甚者，当堂或私下还会去报复老师，真可耻、可悲呀！

以中有足乐者，不知口体之奉不若人也。

【注释】

选自明宋濂《送东阳马生序》。

【译文】

因为心中有足够的乐趣，就从来不想自己嘴里吃的食物和身上穿的衣服不如别人。

【赏析】

攀比这个坏风气自古有之，宋濂却从没有这个想法，面对同宿舍的富家子弟，面对他们的鲜衣美食，宋濂一点也不嫌弃自己的破衣服，不觉得自己可怜、寒伧。因为他在学习中找到了无尽的乐趣，所以就不会去计较吃什么、穿什么、戴什么了。我们难道不应该向这位大学者学习吗？

观其坐高堂，骑大马，醉醇醲而饫肥鲜者，孰不巍巍乎可畏，赫赫乎可像也？又何往而不金玉其外、败絮其中也哉？

【注释】

选自明刘基《卖柑者言》。醇醲：味道纯厚的甜酒。饫（yù）：饱食。

【译文】

看那些稳坐在高堂之上，骑着高头大马，喝着味道纯厚的甜酒，饱食新鲜的肉类食物的人，哪一个不高大可畏、气势凌人？但无论到哪里，不都是金玉其外、败絮其中吗？

【赏析】

那些身居高位、食人俸禄的高官，气势凌人，不可一世，难道不像“金玉其外，败絮其中”的柑桔吗？古谚说得好：举秀才，不知书，察孝廉，父别居，寒素清白浊如泥，高第良将怯如鸡。都是徒有其表、不堪一击的。

有声，如吹埙篪，如过雨，又如水激崖石，或如铁马驰骤，剑槊相磨戛；忽又作草虫鸣切切，乍大乍小，若远若近，莫可名状。

【注释】

选自明刘基《清风阁记》。埙篪（xūn chí）：乐器名。

【译文】

风拂树枝的声音，有如吹埙吹篪，又像雨声，又如水撞击岩石；有时像战马驰骋，短兵相接厮杀声；忽然又变成草虫低鸣又细又急，忽大忽小，若有若无，说不清叙不明。

【赏析】

自然界的风雨之声我们经常听到，但常人不会注意并描写出来。刘基在这里借用埙篪和虫鸣的声音把很美很抽象的声音给读者描摹了出来，见文如听声。低沉时如吹埙篪，雨打枝叶，亢扬时如千军万马，喊杀震耳；有时又细又急如草虫振翅，真个是若有若无，忽大忽小，难以言表。这种感觉，只可意会，不得言传。

工之侨闻之，叹曰：“悲哉，世也！岂独一琴哉？莫不然矣！”

【注释】

选自明刘基《工之侨为琴》。

【译文】

工之侨听了以后，叹了一口气说：“悲哀呀！这个世道！难道只是一把琴是这样吗？都是这样呀！”

【赏析】

匠人工之侨善做琴，他曾选用上好材料做了一把好琴，献给韩廷后却又被退回，理由滑稽得可笑，就是因为非古琴。工之侨于是仿古进行加工，埋到土中，一年后取出，又被认为是稀世珍宝。这种崇古现象令工之侨非常失望。他认为岂止这一把琴的命运如此？多少有才华的人因不被重用而只能老死茅庐呀！

仁陷于愚，固君子之所不与也。

【注释】

选自明马中锡《中山狼传》。

【译文】

仁义如果陷入愚笨的境地，则是正人君子所不赞成的事情。

【赏析】

东郭先生的故事可谓耳熟能详、妇孺皆知，连孩子们也知道了他的迂腐和愚笨。他虽是好人，想做好事，却犯错了，因为他不知道狼是阴险贪婪、狡猾凶残，忘恩负义的家伙，它总是要吃人的，对于吃人的狼，不应抱有任何的同情和幻想，而要坚决地斗争，毫不留情地消灭它。否则，是要被它吃掉的。生活中类似中山狼的人不在少数，他们恩将仇报，落井下石，穷凶极恶；生活中类似东郭先生的人也不在少数，他们愚腐麻木，充满幻想。对中山狼仁慈只会害了自己和更多无辜的人。

褊人多求亲而愤疏，庸士多幸易而脱艰。

【注释】

选自明何景明《郑子擢郎中序》。

【译文】

心胸狭隘的人追求亲近的官职而不满于疏远的官职，无能的人欣幸于容易的差事而回避困难的差事。

【赏析】

我们应该具备“帐篷”的精神，“哪儿需要我们，就在哪儿住下，一个个帐篷，就是我们流动的家”。生活中做事不要拈轻怕重，勇于生活在基层、在一线，只有长期务实地工作，才能赢得上司的器重和同事的敬重，进而有机会体现自己的价值。

马越险则驽骏别，刃试坚则钢铅见。

【注释】

选自明何景明《郑子擢郎中序》。

【译文】

历险后就能看出是劣马还是良驹，刀刃是钢还是铅只有在砍坚硬的东西时才可分别。

【赏析】

只有一次次提醒自己：去拼博才会胜利。自己若是骏马就不要老死马厩之中，就要驰骋千里。新时期的青年人，就应该有远大的抱负、坚定的意志、百折不挠的品格，敢于直面风雨，不做温室里的花朵，不在父辈的羽翼之下栖身一生；要做暴风雨中的雄鹰，搏击蓝天，翱翔长空。

热火不燔，向者多焦。导水不溺，涉者多没。

【注释】

选自明何景明《郑子擢郎中序》。燔（fán）：烧。

【译文】

拿着火把的人，火烧不着他；而向着火飞去的，往往被烧焦了。引水的人水淹不着他，而从水里走过去的人往往会淹死在水里。

【赏析】

按理说拿火把的人是离火最近也是最危险的，引水的人也是最危险的，为什么他们却是最安全的呢？因为掌火把的人是在为人们照明，引水的人是为他人造福，这是利人、施惠，所以能够保全自己。而利己者往往欲望过多，常为争一己之利而大打出手，常常会因占小便宜而吃大亏。

三五之夜，明月半墙，桂影斑驳，风移影动，珊珊可爱。

【注释】

选自明归有光《项脊轩志》。

【译文】

十五的晚上，一轮明月照在半墙上，桂树的影子散乱着，微风吹来，树影在无声地移动着，那么轻盈舒缓，真是可爱极了。

【赏析】

十五的夜晚，明月斜斜地照射下来，映衬着墙上班驳的树影，风吹影动，是幻是真，如此美景，只有有情人、有心人才能看得到，体会得出。自然是美的，万物各有情态，不单是月之妩媚。在生活中积极向上，多观察身边的事物，陶冶自己的情操，怡情自然可真是醉心的享受。

昔人论竹，以为绝无声色臭味可好，故其巧怪不如石，其妖艳绰约不如花，孑孑然有似乎偃蹇孤特之士，不可以谐于俗。

【注释】

选自明唐顺之《竹溪记》。孑（jié）孑然：孤独的样子。

【译文】

过去人谈论竹子，认为竹子没有鲜艳的颜色和美好的气味，所以它没有奇石的巧怪，没有花卉的姿态柔美色彩艳丽，孤独地挺立着就像那些清高孤傲正直的人一样，不愿与世俗同流合污。

【赏析】

梅、兰、竹、菊被誉为“四君子”，自古以来，竹因自己的清高、孤傲、独立的情操而被仁人志士所喜爱。不流于俗，不附和于众人，心中自有一腔清幽之气，傲然于世。

其疾徐轻重，吞吐抑扬，入情入理，入筋入骨，摘世上说书之耳而使之谛听，不怕其齰舌死也。

【注释】

选自明张岱《柳敬亭说书》。齰（zé）舌：咬舌。

【译文】

他（说书的时候）有时快有时慢，语气时而轻，时而重，吞吐自如，高低起伏，合情入理，情至深处，拿世上所有说书人的耳朵来听他说书，此后再不轻言说书了。

【赏析】

俗话说得好：人不可貌相，海水不可斗量。柳敬亭就是这样一个其貌不扬却身怀绝技的人，和当时的著名歌妓王月生一样受人们欢迎。为什么呢？看了上文大家就知道了，他说书的时候能够入情入理，轻重缓急、感情处理都高人一筹，只要有真本事，谁还在乎你外表的美丑呢？

清代部分

古者天下之人爱戴其君，比之如父，拟之如天，诚不为过也。今也天下之人怨恶其君，视之如寇仇，名之为独夫，固其所也。

【注释】

选自清黄宗羲《原君》。拟：比。诚：实在。视之如寇仇：这是用孟子的话。孟子说："君之视臣如土芥，则臣视君如寇仇。"独夫：众叛亲离的暴君。

【译文】

上古时，天下人爱戴他们的君主，把他当作自己的父亲，比作上天，实在是不过分的。如今世上的人怨恨和厌恶他们的君主，把他看作强盗和仇敌，称他是众叛亲离的暴君，本来就是他应得的结果。

【赏析】

明末清初的大学者黄宗羲有"天下为主，君为客"的思想。他敢于向皇帝叫板，指斥他是强盗和"独夫"，他认为天下百姓之忧乐高于皇帝一姓之兴亡，这种思想表现了他莫大的勇气。曾国藩说：

“有气则有势，有识则有度。”此句可谓既有气势，又有识度。其见解之深刻，语锋之犀利，读之若穿透纸背。

是故聪与敏，可恃而不可恃也；自恃其聪与敏而不学者，自败者也。昏与庸，可限而不可限也；不自限其昏与庸而力学不倦者，自力者也。

【注释】

选自清彭端淑《为学一首示子侄》。可恃而不可恃也：是可以依靠而又不可以依靠的。自败者：自甘失败的人。自力者：力求上进的人。

【译文】

所以说聪明和灵敏可以依靠而又不可以依靠；一味依靠聪明和灵敏而不认真学习，这样的人终究会失败。愚钝和平庸，能限制人的发展也可能限制不了；自己不受愚钝和平庸的限制而坚持学习不停止，这就是力求上进能够成功的人。

【赏析】

聪明和愚钝并不是天生的，主要在于后天的培养。有天分而不自力学，终致平庸而一无所成。资质平庸倘能力学不辍，终会有成，能与天才比肩。李白，天才也，倘无“铁杵磨成针”之教训，如何能成为天才。这段文字从学习方面把天才与平庸二者的辩证关系分析得很清晰，体现了作者较强的思辨能力。

芙蕖则不然，自荷钱出水之白，便为点缀绿波；及其茎叶既生，则又日高日上，日上日妍。有风既作飘摇之态，无风亦呈袅娜之姿，是我于花之未开，先享无穷逸致矣。

【注释】

选自清李渔《芙蕖》。荷钱：荷叶初生时如铜钱状。

【译文】

荷花不是这样：初生的荷叶出水即三三两两浮于水面之上，为绿波做了点缀；等到荷花的茎叶长成以后，一天天增高，一天天好看起来。风吹荷花飘摆扶摇，无风时也呈现出美好的姿态，这样花还未开，已欣赏到它无比超逸的韵致了。

【赏析】

“清水出芙蓉，天然去雕饰。”正因荷花如此清丽而富有天然韵致，才得到了很多人的喜爱。作者恰恰抓住了这一点，以自然平实之语言，先写荷钱点缀于绿波，次写荷叶日高日妍，次写飘摇之态、袅娜之姿，逐次勾勒出荷叶初生、荷花未开之时那羞涩迎风的姿容。

浙江之潮，天下伟观也。自既望以至十八日为最盛。方其远出海门，反如银线；既而渐近，则玉城雪岭，际天而来，大声如雷霆，震撼激射，吞天沃日，势极雄豪。

【注释】

选自清周密《观潮》。浙江：钱塘江。伟观：宏伟壮观的景像。既望：阴历十六日。银线：银白色的丝线。玉城雪岭：状海潮之色及奔腾席卷之势。际天：连天。激射：潮势如激水喷射，迅猛无比。吞天沃日：吞蓝天，洗白日。

【译文】

钱塘江的海潮是天底下最雄伟壮观的景色。阴历十六日至十八日是它最壮观的时候。当它从大海口进来时，仅仅像一条银色的丝线；然后它渐渐地迫近，好像玉色的城池和白色的雪山，铺天而来，声音洪亮得如天上打雷，潮水四处喷射，迅猛无比，好像要吞蓝天洗白日，气势雄壮而豪迈。

【赏析】

钱塘江的海潮最壮观，古代的文人墨客写的《观海潮》也多是写钱塘潮。周密写钱塘江潮按由远及近的顺序，始而丝线，既而玉城雪岭，声则如洪雷，势则吞天洗日，以声音、色彩、形状和气势来写，可谓先声夺人，一下子就把人吸引住了。

呜呼！身前既不可想，身后又不可知；哭汝既不闻汝言，奠汝又不见汝食。纸灰飞扬，朔风野大，阿兄归矣，犹屡屡回头望汝也。

【注释】

选自清袁枚《祭妹文》。

【译文】

唉，你身前的事情我不可再想了，身后在九泉之下的事我也不可得知。哭祭你时听不到你说话，祭奠你时又不见你来吃这些食物，只有眼前烧过的纸灰到处飞扬，野地里的风很大，哥哥我回去时，还不断地回头在望你。

【赏析】

袁枚的《祭妹文》、韩愈的《祭十二郎文》和欧阳修的《泷冈阡表》在古代文学史上都很有名，都是哀悼亲人的名篇。此段文字感情真切，发自肺腑，感人至深，读之令人声泪俱下。文含深意，读之惨然，令人不忍卒读。

呜呼！安得使予多暇日，又多闲田，以广贮江宁、苏州、杭州之病梅，穷予生之光阴以疗梅也哉？

【注释】

选自清龚自珍《病梅馆记》。

【译文】

唉！如何能让我有更多闲暇的日子，有很多的闲田，用来大量地贮存江宁、苏州、杭州的病态的梅花，用我一生的光阴去救治这些病梅呢？

【赏析】

梅，自古以来都被喻为高洁之士，病梅在这里被龚自珍比喻为受到毒害的士人。此段文字表现了作者想要摆脱社会束缚、保护人才的强烈愿望和回天无力、无可奈何的叹息，令人联想到作者在另一首诗中“我劝天公重抖擞，不拘一格降人才”的呼喊。

汝今既入此，应努力上进，尽得其奥。勿惮劳，勿恃贵，勇猛刚毅，务必养成一军人资格。汝之前途，正亦未有限量，国家正在用武之秋，汝只患不能自立，勿患人之不己知。

【注释】

选自清张之洞《诫子书》。

【译文】

你既已入了日本的士官学校，就应努力上进，要参悟军事的奥妙。不要害怕劳累，不要认为自己身份高贵，要勇敢、坚强、有毅力，务必把自己培养成一名合格的军人。你的前途远大，国家正在发展军事的时期，你要担心能不能自立，不要担心别人不了解你。

【赏析】

这是张之洞写给儿子的一封信，在文中他一如天下所有普通的父母一样，谆谆教导自己的儿子，让他自修以自立，做一个合格的军人。虽然张氏是清朝的一品大员，在当时拥有极高的权力，但他写给儿子的信言语质朴、情感真挚，着实令人感动。

57-7 【画花鸟】册 局部 ［明］蓝瑛 中国台北故宫博物院藏

57－7　【画花鸟】册 局部 ［明］ 蓝瑛　中国台北故宫博物院藏